Sommerferien 1976. Im Umfeld der Zeche Zollverein träumt der 16-jährige Mic von Mädchen. Logisch. Und er schwärmt für Gitarren. Na klar. Für eine akustische hat er einfach gespart. Fertig. Aber mit diesen wundervollen Geschöpfen, nein, mit denen ist es gar nicht einfach. Dann kollidiert er mit einer strahlenden Göttin, die gar nicht erst vorgibt, ein Engel zu sein. Viele Jahre später wird er mit Ereignissen konfrontiert, die auf diese erste Begegnung mit Luzi zurückzuführen sind und sein Leben auf kunterbunte Weise durcheinanderwirbeln.

Nach einer für das Ruhrgebiet typischen Kindheit im Dunst des heutigen UNESCO Welterbes 'Zeche Zollverein' absolvierte Klaus Ulaszewski das Studium der Architektur. 2015 begann er mit dem Roman 'Selbstverständlich Pistolen' seine literarischen Texte zu veröffentlichen. Der Autor lebt nach wie vor im mittlerweile restlos vom Dunst befreiten Essen.

ISBN: 978-3-943322-49-1
Umschlaggestaltung: Klaus Ulaszewski, Foto: Martin Vanselow

www.hummelshain.eu

Klaus Ulaszewski

ÜBERTAGE

ROMAN

Für Christa

Hummelshain Verlag

Der Zins

Wie reich kann es werden,
wenn man an Liebe spart?

Das Leben

Einfahren

Übertage. Kein Wort hätte sie treffender beschreiben können, jene prallen Tage, die ich mit Luzi, Lilly und Marlene verbracht habe. Aber um falschen Erwartungen vorzubeugen: Ich erzähle nicht ihre Geschichte, sondern meine, auch wenn die drei unverzichtbare Rollen in ihr spielen. Ohne sie gäbe es nichts zu erzählen. Ohne sie hätte ich kein einziges Wort über mich schreiben können.

Abgesehen von Luzi haben Lilly und Marlene ihr eigenes Leben und es ist ihre Entscheidung, dass ich darüber berichten darf, denn nicht alle mögen, so wie ich, ihr Tagebuch öffnen, ihr Innerstes nach außen kehren und die Geschichte ihres Lebens wildfremden Menschen offenbaren. Daher bin ich ihnen sehr dankbar dafür, dass sie mir die Verwendung einiger unserer Anekdoten zugestanden haben.

Ach, und da ich hier die Frauen erwähne, darf ich auch einen Mann nicht vergessen. Wolf. Es wäre eine unverzeihliche Nachlässigkeit, ihn hier unerwähnt zu lassen – erstaunlich, dass ich diese Bemerkung für notwendig erachte. In der Tat. Hätte mir noch vor wenigen Jahren jemand prophezeit, dass mir im Zusammenhang mit Wolf jemals ein solcher Gedanke in den Sinn kommen würde – ich hätte ihn für einen komplett hoffnungslosen Fall gehalten. Vollkommen weltfremd, so einer. Irre. Mindestens.

Pot(t)pourri

Das eindringlichste, mein Leben am nachhaltigsten beeinflussende Ereignis war der Moment meiner ersten vollumfänglichen Vereinnahmung durch einen mir bis dahin vollkommen fremden Menschen. Auch wenn ich in den vielen Jahren, die danach folgten, einige weitere Erfahrungen diesbezüglich gesammelt habe, wirbelte keine einzige mein Dasein heftiger durcheinander als diese erste. Von einem Augenblick zum anderen überwältigte mich etwas, das ich bis dahin weder gekannt, noch für möglich gehalten hatte, ahnungslos wie ich war. Plötzlich erschienen mir all die mich bedrückenden Herausforderungen unbedeutend, ja, geradezu grotesk. Und als wäre ich von allen Beschwernissen meiner Existenz befreit, sah ich kein einziges Problem mehr, das ich nicht hätte aus dem Weg räumen können. Ich war überzeugt, und etwas anderes war ganz und gar unvorstellbar: Soeben hatte mich – als ersten und einzigen Menschen seit Anbeginn der Zeit – nichts weniger ereilt als das allergöttlichste Geschenk, das der Himmel zu vergeben hat.

So oder so ähnlich betrachtete ich die Dinge damals – 1976. Dem Einfluss einer gehörigen Portion jugendlicher Schwärmerei geschuldeten Dramatisierung war mit 16 Jahren einfach nicht zu entkommen.

Der Kiosk am Rande des Katernberger Marktplatzes wurde zum Schauplatz dieser Ereignisse. Ereignisse, deren Auswirkungen mein Leben bis zum heutigen Tage beeinflussen sollten, was damals unmöglich vorauszusehen war.

Der Kiosk – auch Bude, Trinkhalle und woanders auch Trafik genannt – war und ist noch immer eine für das Ruhrgebiet typische Institution, eine Art Tante-Emma-Laden im Miniformat, mit einem Sortiment wie beim Discounter, das aber nicht in den dort üblichen Mengen, sondern an einer Hand abzählbaren Stückzahlen vorgehalten und insbesondere früh morgens, spät abends und an den Wochenenden nachgefragt wurde. Denn die ‚normalen' Geschäfte hatten in der Woche lediglich bis 18:30 Uhr geöffnet und an Samstagen war um 13:00 Uhr Schicht im Schacht. Hatte man beim Discounter etwas vergessen einzukaufen, war die Bude erste und einzige Wahl den Mangel zu beheben, wenn man wegen eines Hühnereies für den Pfannkuchen nicht den Nachbarn von der ‚Rudi Carell Show' ablenken und nachhaltig verärgern wollte. Allerdings war diese Sorge vollkommen unbegründet, denn kaum jemand wäre wirklich verärgert gewesen. Ganz im Gegenteil. Üblicherweise verhielt man sich freundlich und zugewandt. Tatsächlich war es vollkommen normal, wenn Nachbarn sich halfen, selbst dann, wenn in der Flimmerkiste ein ‚Straßenfeger' lief, so wie Blockbuster damals genannt wurden. Schließlich war jeder zu haben für einen kurzen Plausch über die aktuellen Alltäglichkeiten; denn zur Maloche, zum Fußball oder zu Helmut Schmidt hatte jeder eine Meinung, und die hielt man nicht zurück.

Na ja, außer dem Ehepaar Sekurski, das zurückgezogen im Erdgeschoss wohnte und anstatt zu plaudern, lieber maulte – vor allem wenn es mit Rockmusik und langen Haaren konfrontiert wurde oder konfrontiert werden wollte. Und wenn rockmusikhörende Langhaarige auch noch Lederjacke und verwaschene Manchesterhosen, also Jeans, trugen, schrillten nicht nur bei Sekurskis die Alarmglocken. Aber solche Leute konnten schimpfen, wie sie wollten, das interessierte eh keine Sau, zumindest nicht diejenigen, die gemeint waren – also uns, die Jugendlichen. *Wir* hörten auf den Sound der E-Gitarren – auf niemanden sonst.

Die Beatles, die Hippies, die 68er, sie alle hatten ihre Fußabdrücke hinterlassen, Fußabdrücke historischen Ausmaßes, deren Ursachen sich unserem Bewusstsein noch so lange verborgen hielten, bis wir erwachsen genug waren sie zu verstehen. Und doch traten wir hinein, mit glühendem Eifer, und lebten die kleinen rebellischen Freiheiten, die sie uns bescherten.

Sekurskis waren nicht nur Stoffel, sie hatten auch noch einen fragwürdigen Ruf. Hinter vorgehaltenen Händen erzählte man sich von irgendwelchen Machenschaften, in die sie während der NS-Zeit verwickelt waren. Ich wusste damals nicht, ob das stimmte, was man erzählte, aber eines Morgens war es für alle deutlich zu lesen. Jemand hatte unter ihrem Fenster ‚NAZI' auf die Hauswand gesprüht. Der Schriftzug war sicher einen Meter hoch, neongrün und wirkte irgendwie giftig. Vielen galt das als Beweis, dabei änderte es nichts daran, dass niemand etwas Genaues wusste. Seltsamerweise unternahmen Sekurskis nichts, um diesem Gerücht entgegenzuwirken. Natürlich war es möglich, dass sie nichts davon mitbekommen hatten, doch spätestens nach der Aktion des unbekannten Sprayers hätten sie es wissen müssen. Aber wie auch hätten sie reagieren können, bei einer solch massiven und dazu noch öffentlich vorgetragenen Anklage? Nicht auszudenken, wenn das Gerücht haltlos gewesen wäre und nichts weiter als die gehässige Revanche auf Ehepaar Sekurskis Unzugänglichkeit.

Jedenfalls sprach man die Bitte um eine ‚Leihgabe' in der immer gleichen Standardformulierung aus, wobei nur das Wort für das in Ermangelung geratene Produkt variiert wurde. Die Formulierung lautete ungefähr so: ›Entschuldigung für die Störung – könnte ich mir wohl *irgendetwas* ausleihen‹. Anschließend erklärte man, wofür man dieses *irgendetwas* gerade benötigte und dass es ohne Zweifel an der eigenen Schusseligkeit läge, weshalb dieses *irgendetwas* im eigenen Haushalt durch Abwesenheit glänzte.

Ob Milch, Zucker oder Ei – als kleiner Junge habe ich nie verstanden, warum es sich um ‚Leihgaben' handeln sollte; denn der Sinn einer Leihgabe definiert sich aus der Rückgabe ihrer selbst. So wie man exakt *das* Fahrrad an den Verleiher zurückgibt, das man sich zuvor von ihm ausgeliehen hat und nicht irgendein anderes. Ist ein ‚geliehenes' Ei erst einmal im Pfannkuchenteig gelandet, hat es Form und Funktion als gleichwertige Rückgabe an den ‚Verleiher' verloren. Nur eine sich meiner Vorstellungskraft entziehende Apparatur – sagen wir eine der Quantenphysik zu verdankende Eierrückholmaschine – könnte den ursprünglichen Zustand des Leiheies wieder herstellen und den Rückgabevorgang ermöglichen. Doch würde dann dem Teig das zum Gelingen des Pfannkuchens benötigte Ei fehlen, weshalb man immer wieder beim Nachbarn vorstellig werden müsste und auf ewig in einer Unendlichkeitsschleife des Eierausleihens gefangen bliebe. Ein aus wissenschaftlicher Sicht garantiert höchst reizvoll zu erforschendes Phänomen, als Lebensentwurf aber nur mäßig attraktiv.

Irgendwann wurde mir klar, dass niemand jemals etwas zurückerwartet hat. Die ‚Leihformulierung' war bloß eine Höflichkeitsfloskel. Und hatte man irgendwann wieder Eier im Hause, wäre es sowieso sinnlos gewesen, die Schuld begleichen zu wollen. Der Nachbar hätte die Annahme verweigert, so wie man es auch selbst gehalten hätte, im umgekehrten Fall.

Neben all dem, was man vergessen hatte einzukaufen, waren die an der Bude am meisten nachgefragten Artikel die Tageszeitungen und Illustrierten, Zigaretten und Tabak und Bier, vorzugsweise Pils der Lokalbrauereien ‚Stern' und ‚Stauder', mit dem der Kohlenstaub aus der Kehle gespült wurde. Das galt natürlich für die Erwachsenen. Kindersehnsüchte befriedigten die Wundertüten mit ihrem Puffreis und den kleinen Überraschungen, die aus Kaugummi, Plastikdinosauriern und Comic-Heftchen bestanden. Uns Jugendliche lockte vor allem das Angebot an Trendzeitschriften, Cola und Eis.

Es war der erste Tag der Sommerferien. Der Wetterbericht sagte 30° bei wolkenfreiem Himmel voraus. Als ich gegen elf Uhr vor der Bude stand, war bereits klar, dass die Voraussage eintreffen würde. Die Quecksilbersäule des überdimensionalen Coca-Cola-Werbethermometers, das sich auf dem Budendach ikonisch gegen den blauen Himmel abzeichnete, war schon auf angenehme 25° geklettert. Ich kramte in den Hosentaschen nach Kleingeld. Eine Mark fünfzig waren ausreichend, um als Gegenwert eine anständige Mischung köstlicher Kleinigkeiten zu erhalten, und sogar eine Cola war noch drin. Ich erklärte dem Mann hinterm Ausgabetresen, was ich wünschte und warf die Münzen in die gläserne Wechselgeldschale. Ein schwarzes, in die Schale gepresstes Männlein forderte mich auf, lieber zur HB zu greifen, statt in die Luft zu gehen. Da ein derartiges Vorhaben ohnehin nicht in meiner Absicht stand, verzichtete ich auf den Griff. Damals gehörte Rauchen sowieso nicht zu meinen Lastern. Der Betreiber, der sich nur in extremen Ausnahmefällen – Sitzungen im Tattoostudio, Heimspiele von Rot-Weiß-Essen oder Kaffeekränzchen mit der 80-jährigen Oma – durch eine Aushilfe ersetzen ließ, füllte eine dieser trichterförmigen Papiertüten, die angeblich von handwerklich geschickten Strafgefangenen zusammengeklebt wurden, mit einer Auswahl des Lakritz- und Weingummisortiments, stellte sie und eine gekühlte Cola auf den Ausgabetresen und strich mit einer routinierten Handbewegung das Kleingeld von der Schale. Ich ergriff meine neusten Errungenschaften, spinkste kurz in die Tüte, um deren Inhalt nach weniger attraktiven und damit sofort zu vertilgenden Ausreißern zu überprüfen, und drehte mich dabei zum Gehen um.

Wie auch immer meine Unaufmerksamkeit zustande kam – ich hatte *sie* einfach nicht bemerkt. Plötzlich stand sie hinter mir und ich hatte keine Chance, eine Kollision zu vermeiden. Meine Faust traf sie mitten in den Bauch. Obwohl diese Berührung nur einen Tick andauerte, habe ich noch genau in Erinnerung, wie sie sich anfühlte – weich und gleichzeitig fest und überhaupt ziemlich wahnsinnig. Die Situation hatte nichts Dramatisches. Aber das wohlige Gefühl, das mir unser Zusammenstoß bescherte, brachte mich in Verlegenheit, weshalb ich den Blick in die Tüte richtete und mich gedanklich mit dem Plündern ihres Inhaltes abzulenken versuchte. Cool bleiben, dachte ich und war doch alles andere als das. Meine Entschuldigung geriet etwas zu unentschlossen. »Sorry«, grummelte ich.

Ihre Reaktion kam prompt: »Wofür denn?«

Durch den eher zarten Bauchtätschelrempler sowieso schon elektrisiert, hatte mich der launige Klang ihrer Stimme, der die beiden Worte adelte und gewiss nur aus dem hinreißenden Mund eines wundervollen Geschöpfes stammen konnte, von jetzt auf gleich entwaffnet. Natürlich war mir bewusst, dass es keinen Sinn hatte, zwischen dem Klang der Stimme und der Attraktivität der Sprecherin einen kausalen Zusammenhang herzustellen. Diesbezüglich hatte ich schon die seltsamsten Überraschungen erfahren, sodass es ratsam erschien, sich keinen allzu großen Hoffnungen hinzugeben. Doch auch wenn mir dieser Gedanke nur sinngemäß durch den Kopf raste, war eines klar: Die Chance auf Wundervolles stand mindestens fifty-fifty.

Da ich ein zurückhaltender, in diesem Moment aber äußerst neugieriger Junge war, schaute ich auf und ertrank – ohne dass auch nur ein Wimpernschlag vergangen war – in den Tiefen ihrer blaugrünen Augen, die mich belustigt musterten. Von einem Moment zum anderen war ich verloren. Für immer.

»Luzi«, sagte sie.

Was für ein herrlicher Name. Doch dessen Klang war mir bis zu diesem Moment anders in Erinnerung, als Lucy, mit langem u und weichem c. So wie sie ihn aussprach, mit kurzem u und scharfem z, klang er frecher, nicht so püppchenhaft. Beim ‚u' spitzte sie die Lippen und formte dabei einen kurz angedeuteten Kussmund. Außerdem schoss sie ihn schnell und kurz heraus. Nur mit einem i am Ende, ohne verlängerndem e. Und keine Frage, Luzi mit z war der schönste Name, den ich mir für dieses Wunderwesen hätte vorstellen können. Das allerdings hätte ich auch gedacht, wenn sie Klops oder Lachsack geheißen hätte.

Wir standen uns Auge in Auge gegenüber. Beinahe hätten sich unsere Nasen berührt. Sozialabstand Fehlanzeige. Mir war's recht. Sie duftete – mhh – nach Rosen, nicht nach dem allgegenwärtigen Patschuli, dessen Schwere mir damals schon zu bedeutend erschien. Und es schwang noch etwas anderes mit, zurückhaltend zwar, aber kraftvoll und mild zugleich. Es roch, als stünde ein verschwenderisch blühender Rosenstrauch inmitten eines Pinienhains, der, animiert durch die Hitze der Sommersonne, mit der olfaktorischen Pracht seiner ätherischen Öle prahlt. Wir waren uns also deutlich zu nah für Fremde, doch mir nicht nah genug. Da sie das, wie ich vermutete, sicher als unangemessen empfand und es außer ihren Augen noch sehr viel mehr zu entdecken galt, trat ich einen Schritt zurück. Zunächst scheute ich mich, meinen Blick von ihrem zu lösen. Sie zu betrachten, sie vollständig zu erfassen, hätte sie als ungehobelt oder sogar anzüglich empfinden können, was es wohl auch gewesen wäre. Doch noch bevor ich irgendeine Vorstellung davon hatte, wie ich meine Neugier hätte befriedigen sollen, ohne in Ungnade zu fallen, wanderte ihr Blick auf meine gerade erworbenen Köstlichkeiten, die ich vor mir in den Händen hielt. Ich nickte. Sie lugte hinein und hatte schnell etwas entdeckt. Mit sicherem Griff fischte sie einen mit prickelnder Brause überzogenen Weingummischnuller heraus, den sie sich in den Mund schob und zu nuckeln begann. Zumindest sah es so aus, da nur der gerade Teil in ihrem Mund verschwand und der ringförmige herausschaute. Luzis Begutachtung des Tüteninhalts dauerte nur einen Augenblick. Der aber genügte, um einen Gesamteindruck von ihr zu erhaschen, ohne dass sie es als anmaßend hätte empfinden können. Später erkannte ich, dass sie über ein höfliches Wegsehen eher enttäuscht gewesen wäre, war es ihr doch ein Vergnügen, sich zu zeigen.

Lustige kleine Sommersprossen, die sich auf dem Nasenrücken versammelten, verloren sich allmählich auf dem Weg zu den Wangen. Ich weiß nicht, warum sie kaum auffielen – vielleicht weil das Leuchten in ihren Augen alle Aufmerksamkeit auf sich zog –, aber sie waren da, wie selbstverständlich und sie waren vollkommen. Ihr Gesicht war symmetrisch geschnitten und hatte die Klarheit skandinavisch geprägter Physiognomien. Dennoch wirkte es nicht abweisend und kühl, sondern, ganz im Gegenteil, zugewandt und offen. Kühl, ich meine cool, war sie aus anderen Gründen.

Die Farbe ihrer Haare ließ eher irische statt skandinavische Vorfahren vermuten, rotbraun, wie sie waren. Im Gegensatz zu fast allen anderen Mädchen, die ihre Haare damals bis zu den Hüften und sogar darüber hinaus wachsen ließen, fielen ihre nur bis zum Kinn. Und anstatt Mittelscheitel, wie fast alle anderen Mädchen, trug sie einen asymmetrisch geschnittenen Pony, der ein Stückchen über ihrem rechten Auge begann und, schräg über die Stirn verlaufend, bis weit über die Wimpern des linken fiel.

Sie trug ein knappes weißes T-Shirt, auf dem das schwarze Konterfei des Zigarre rauchenden Che Guevara aufgedruckt war. Es endete kurz vor dem Bund ihrer verwaschenen und an den

Knien und Oberschenkeln verschlissenen Jeans, die etwas lockerer saß als die üblichen, gegen das Establishment genähten, hautengen. Ihre Füße steckten in angegrauten weißen Chucks. Ein mit bunten Batikmustern bedruckter Stoffbeutel, der an ihrer Hüfte baumelte, wirkte nicht, als würde er besonders viel enthalten, flach wie er war.

Ihre Brüste waren es nicht. Aber genauso wenig waren sie üppig. Nein, es waren perfekte Hügelchen, eher unauffällig und auffällig nur dann, wenn man es so wollte, denn sie trug keinen BH.

Ohne Zweifel: Ich stand dem aufregendsten Mädchen überhaupt gegenüber und sowohl ihre Brüste als auch der schmale Streifen Haut zwischen T-Shirt und Jeansbund wirkten auf mich unwiderstehlich und wollten sofort erforscht werden – zumindest mit den Augen. Trotzdem hatte ich bis dahin nur einen flüchtigen Eindruck von ihr erhalten. Und gerade als ich diesen Eindruck vertiefen wollte und meinem Blick freien Lauf ließ, sagte sie: »Na, gefällt dir, was du siehst?«

Ich wusste nicht, was ich antworten sollte, hob die Augenbrauen und nickte anerkennend.

»Du kannst schon sprechen, oder?«

»Äh ..., ja, klar.«

»Da hab‘ ich ja Glück gehabt.«

Mir gefiel ihre forsche Art, obwohl sie mir eigentlich ein wenig zu direkt war, oder vielleicht auch gerade deshalb. Denn so konnte ich auf sie reagieren und musste nicht selbst aktiv werden, was mir damals noch schwerfiel.

»Ja«, sagte ich wieder und hätte mir am liebsten in die Zunge gebissen. Uninspirierter ging es kaum.

»Ja? Meinst du damit, dass ich Glück gehabt habe?«

Super, dachte ich. Sie hält mich für total bescheuert. Und das zu Recht. Ich fragte mich, ob die Situation noch zu retten war, und suchte schon nach einer plausiblen Rückzugserklärung, als ich ihr, mich selbst damit überrumpelnd, spontan versicherte: »Nein. Ich meine, nichts könnte mir mehr gefallen, als das, was ich sehe.«

Sie lächelte, betrachtete mich abschätzend vom Kopf bis zum Fuß und sagte nichts.

Ich hatte mich selbst überrascht und war ein wenig stolz darauf. Doch wünschte ich zugleich, geschwiegen zu haben; denn was sonst, außer einer niederschmetternden Replik, hatte ich jetzt schon zu erwarten. Was hatte ich mir dabei gedacht, mich dermaßen zu entblößen. Nichts hatte ich mir gedacht. Ich hatte mich überwältigen lassen und würde in wenigen Augenblicken die Quittung dafür erhalten, das war so klar wie der Himmel über uns. Ich würde von dannen ziehen wie ein begossener Pudel und mich unter irgendeinem Busch am Straßenrand verkriechen. Ich hatte mich vollständig verrannt, zum Spott freigegeben. Wie konnte ich glauben, dass es anders sein würde.
»Du gefällst mir auch.«

Innerlich hatte ich mich schon abgewendet, sodass ihre Worte nicht sofort zu mir durchgedrungen waren. Sie musste das bemerkt haben, denn ihr Blick wirkte jetzt etwas besorgt.

»Geht's dir gut, Mister X?«

»Äh, ja, ja. Äh Michael, also Michi«, antwortete ich und weil mir nichts anders einfiel, um mich wieder ins Hier und Jetzt zu befördern, hielt ich ihr die Tüte hin. Sie war so gnädig und griff zu. Bald wurde sie fündig. Dieses Mal zog sie eine Lakritzschnecke heraus, die sie erst zu einem langen Band auseinanderrollte, ehe sie ein Ende in den Mund steckte. Den bis zum Hosenbund herabhängenden Rest kaute sie genüsslich nach oben, bis der letzte Rest im Mund verschwunden war. Während dieses Vorgangs, den sie in aller Ruhe zelebrierte, musterte sie mich kritisch.

Zumindest wirkte es auf mich so, als hätte sie gerade einen Röntgenblick aufgesetzt.

›Du gefällst mir‹. Das hatte noch nie ein Mädchen zu mir gesagt. Na ja, zumindest keines, das ich toll fand. Ich sah ihr in die Augen und auf einmal war ich, wie niemals zuvor, genau der Junge, der ich war und den ich richtig gut leiden konnte; denn in ihren Augen sah ich jemanden, der ihr gefiel – mich. Und ganz offensichtlich mochte sie auch sich selbst. Ohne Zweifel lag genau darin der Zauber begründet, der ihre unwiderstehliche Art ausmachte – und in ihrer Erscheinung natürlich.

Ich liebte sie schon jetzt. Ich liebte sie dafür, dass es sie gab, dass sie so war, wie sie war, dass sie mir hier und heute begegnete. Und ich liebte sie für die kleinen großen Wunder, die sie in der kurzen Zeit vollbracht hatte. Sie mochte mich, was mir unverständlich und absurd erschien, verfügte ich, bis auf ein paar Gitarrenkenntnisse, doch über nichts, das es zu erwähnen wert war. Weder war ich Rockstar noch Sportskanone, weder witzig noch ‚cool', war eher ein Träumer, ein stinknormaler Junge eben. Aber ihre Worte waren ein Teil meiner selbst geworden und ich fühlte mich zuversichtlicher und selbstbewusster als noch zwei Minuten zuvor. Luzi mit z: Ich traute ihr über den Weg und mir etwas zu.

»Magst du Eis?«, fragte Luzi und kramte Kleingeld aus ihrer Jeans.

»Ich sterbe für Eis«, antwortete ich.

Sie grinste verschmitzt. »Oh, das wäre aber schade um dich.«

Ich lächelte beseelt.

»Für welches stirbst du am liebsten?«

»Happen«, antwortete ich und deutete auf Cola und Tüte. »Hab' aber kein Geld mehr.«

»Du bist doch eingeladen«, sagte sie, machte zwei Schritte zum Tresen und orderte Happen und Cornetto Erdbeere.

Auf der anderen Straßenseite, an der Bushaltestelle der Linie 169, hätten wir uns auf die Wartebänke setzen können. Eine Idee, die ich sofort wieder verwarf. Eine Haltestelle erschien mir als kein besonders geeigneter Ort, um sich kennenzulernen. Aber auf der dem Marktplatz zugewandten Seite des Kioskes hatte der Besitzer einige Holzbänke für seine Stammkunden aufgestellt. Auf einer der Bänke saß ein Mann mittleren Alters. Eigentlich lag er mehr, als dass er saß. Er war bis auf die Vorderkante der Sitzfläche gerutscht, sodass nur seine Schultern die Rückenlehne berührten. Die Beine ruhten ausgestreckt auf den Absätzen seiner klobigen Arbeitsschuhe. Bequem sah das nicht aus. Der Mann hatte schulterlanges schütteres Haar, trug braune Cordhosen und ein graues T-Shirt, das früher womöglich einmal schwarz gewesen war. Sein Gesicht wurde von einem gewaltigen Backenbart dominiert, der erst kurz vor dem Kinn endete. Neben sich auf der Bank hatte er eine Flasche Bier stehen, die er mit einer Hand umfasste. Gerade, als ich meinen Mut zusammengenommen hatte, um Luzi von den Vorzügen eines kleinen Plausches auf einer der Bänke zu überzeugen, da tönte es in unsere Richtung:

»Ey, ... ihr da, ... ihr zwei, ... ihr zwei Hübschen.«

Wir schauten herüber.

»Verdammt schönes Paar seid ihr. Wie Cindy und Bernd. Kennt ihr doch, oder?«

»Bert«, verbesserte ich. »Cindy und Bert.«

Er meinte das sicher nett, aber ich fühlte mich alles andere als geschmeichelt, und ich konnte mir nicht vorstellen, dass es Luzi anders erging.

»Genau, ja genau.« Er nahm einen Schluck aus der Pulle. »Wenn man so hübsch ist, muss man viele süße Kinder kriegen. Und ihr, ... wisst ihr schon ...?«

»Was denn?«, fragte ich.

»Wie man Kinder macht?«

Luzi grinste.

Natürlich wusste ich es, theoretisch. Aber ich sagte nichts. Mir war die Frage unangenehm vor Luzi. Ich hatte sie ja gerade erst kennengelernt.

»Mir war es nicht vergönnt«, offenbarte der Mann. »Lasst es nicht so weit kommen. Versprecht mir, dass ihr viele süße Kinder macht – die Welt braucht viele süße Kinder.«

Der Mann erhob sich. Es wirkte etwas mühsam und unbeholfen wie er auf die Beine kam, was sicher seinem morgendlichen Alkoholkonsum geschuldet war, wie ich zunächst vermutete. Doch dann sah ich, dass ihm die linke Hand fehlte, und ich schämte mich für meine Alkoholgedanken. Die Flasche in der rechten Hand haltend, streckte er seinen Arm aus und drehte sich einmal um seine eigene Achse, als wollte er auf all die Zumutungen hinweisen, die ihm auf seiner Runde in die Augen traten. »Die Welt ist nämlich hässlich genug.«

Ich sah das nicht so, hatte aber weder Lust noch Interesse, mich auf eine Diskussion über den Zustand unseres Planeten einzulassen – zumindest nicht in diesem Moment. Das Einzige, das in diesem Moment zählte, war Luzi, das unglaublichste aller unglaublichen Mädchen. Ich wollte sie kennenlernen, unbedingt, was aber in der Nähe des Mannes sicher zu einem noch schwierigeren Unterfangen geworden wäre, als es ohnehin schon war. Ein kleiner Plausch mit uns hätte ihm sicher gut gefallen. Aber ich suchte bereits einen anderen Ort und fand ihn schnell am Rande des Marktplatzes – das alte, von Bäumen umsäumte Ehrenmal für die Gefallenen des Ersten Weltkriegs. Vom Sockel bis zum Podest führten einige Stufen nach oben, auf die man sich hätte setzen können.

»Komm«, sagte ich zu Luzi und deutete auf die grünlich patinierte Statue. Ich hatte das Bedürfnis, sie an die Hand zu nehmen, traute mich aber nicht. Wir waren erst wenige Schritte gegangen, als ich noch einmal zurückschaute. Seinen Blick auf uns gerichtet stand der Mann ungerührt vor der Bank. Er hob seine Hand, als wollte er sich verabschieden.

»Bleibt zusammen ihr tollen Menschen«, rief er uns hinterher.

Luzi drehte sich um. Unvermittelt lief sie zurück und sagte dem Mann etwas, das ich nicht verstehen konnte, dem Mann aber ein unerwartet warmes Lächeln entlockte. Gleich darauf war sie wieder an meiner Seite.

»Was hast Du ihm gesagt?«, wollte ich wissen.

»Ach«, sagte sie, »eigentlich nichts Besonderes.«

Luzi sah offensichtlich keinen Grund, ihre Antwort weiter auszuführen, und ich versagte mir ein Nachhaken, um nicht neugierig zu erscheinen, gleichwohl es keinen Grund dafür gab. Es entstand eine kleine Pause, in der wir uns noch einmal umsahen. Der Mann war verschwunden.

»Ich habe ihm gesagt«, erklärte sie jetzt, »dass er zweifellos ein liebevoller Vater wäre und die glücklichsten Kinder der Welt großziehen würde.«

»Das hast du ihm gesagt?«

»Ja, warum fragst du?«

»Wie …, weil …«, begann ich stotternd. »Ich verstehe nicht, wie du ihm so etwas sagen konntest. Woher willst du das wissen? Vielleicht wäre er sogar ein furchtbarer Vater.«

»Wie kommst du darauf?«

Das wusste ich selber nicht. »Keine Ahnung«, antwortete ich.

»Es kommt doch überhaupt nicht darauf an, ob er ein guter oder schlechter Vater wäre.«

»Es kommt nicht darauf an, wenn es seinen Kindern schlecht ginge?«

»Michi, es geht nicht um seine Kinder. Er hat keine und wird auch nie welche haben. Es geht um ihn. Ich habe ihm einfach nur etwas Nettes gesagt.«

Das Schwere zu begreifen ist selten einfach. Für mich war das Einfache oft schwer. Mann, stand ich neben mir.

Wir setzten uns auf die obersten Stufen und blickten auf den Marktplatz mit der evangelischen Kirche – auch Bergmannsdom genannt – im Hintergrund. Ein schlichter, sachlicher Backsteinbau vom Anfang des letzten Jahrhunderts, der gerade wegen seiner Einfachheit Würde und Gelassenheit ausstrahlte. Oben am quadratischen Glockenturm zeigte auf jeder Seite ein riesiges Ziffernblatt die Uhrzeit an. Ich erklärte Luzi, dass ich, immer wenn die Glocke schlägt, wie automatisch hochschauen muss.

An unserem Eis schleckend redeten wir kaum, was mir gut gefiel, obwohl ich ständig den Drang verspürte, etwas sagen zu müssen. Unser Gespräch reduzierte sich auf gelegentliche Kommentare zu den Menschen, die vor uns über den Marktplatz gingen, Überlegungen, ob wir gemeinsame Freunde hatten, die wir nicht hatten oder das Aufzählen von Eissorten, die wir am liebsten oder gar nicht mochten. Manchmal drehte sie sich zu mir um. Dann lächelte sie, als hätte ich ihr soeben einen lang ersehnten Wunsch erfüllt. Ich bildete mir ein, dass sie wegen mir und für mich lächelte. Ihr Lächeln war nicht nur das bezauberndste, das ich jemals gesehen hatte, es war auch das umwerfendste, das mir jemals geschenkt wurde.

Die Kirchturmuhr schlug zwölf Uhr. Wie gewöhnlich schaute ich hoch. Und in diesem Moment sprang Luzi auf, gab mir einen Kuss auf den Mund und rannte die Stufen herunter, über den Marktplatz, am Kiosk vorbei, über die Straße hinweg zur

Haltestelle des 169er. Auch ich sprang auf und rannte ihr hinterher, so schnell ich konnte. Aber Luzi war sportlich. Ich holte kaum auf und gerade als ich in Höhe des Kioskes war, fuhr der Bus vor. Gleich darauf stand ich an der Straße, konnte aber nicht rüber, weil der 169er der Gegenrichtung auf meiner Seite vorbeifuhr und mir den Weg versperrte. Als er den Blick wieder freigab, sah ich, wie Luzi sich auf einen mir zugewandten Fensterplatz setzte. Sie winkte und schien amüsiert. Ich wollte hin zu ihr. Doch noch keinen Schritt gemacht, blieb ich erstarrt stehen. Das ohrenbetäubende Hupen eines Kohlelasters rettete mich vor einem ungleichen Kräftemessen. Ich wartete ewig, bis er vorbeigefahren war, und dann versperrte mir auch noch sein Anhänger den Weg. Das Ganze dauerte eigentlich nur einen Augenblick, aber seitdem weiß ich, wie endlos ein Augenblick sein kann. Als ich endlich freie Bahn hatte, setzte der Bus die Blinker und fuhr los. Luzi hatte mich beobachtet. Sie schüttelte mitleidig den Kopf und schien etwas zu sagen. ‚Ts, ts, ts', vielleicht. Dann hauchte sie gegen die Scheibe und malte etwas in den Beschlag, das ich in der Kürze der Zeit kaum erfassen konnte, da der Bus schon beschleunigte. Kurz bevor wir uns aus den Augen verloren, warf mir Luzi einen Kussmund zu. Dann sah ich nur noch das auf dem Heck werbende Logo von Rot-Weiß-Essen.

Strawberry Fields

Noch lange nachdem sich unsere Blicke verloren hatten, schaute ich dem kleiner werdenden 169er hinterher. Erst nachdem er an der nächsten Kreuzung in die Schonnebeckhöfe abgebogen war, senkte ich meinen Blick und blieb wie angewurzelt stehen, kaum in der Lage einen klaren Gedanken zu fassen.

Enthusiasmus und Enttäuschung. Wie war es möglich, dass beide derselben Situation entspringen, beide nebeneinander existieren und beide dieselbe Kraft entfalten können. Enthusiasmus war ne tolle Sache, aber ein von Enttäuschung zerfressener machte keinen Spaß. Dann lieber eine handfeste Enttäuschung, da hätte ich gewusst, woran ich bin.

Ich wollte kein Wischiwaschi, ich wollte einen klaren Sieger, weshalb ich beide gegeneinander aufstachelte, als seien es zwei im Ring stehende Preisboxer. Und eines war klar: Wer auch immer den Kampf gewinnen würde – ich würde ihn als meinen ständigen Begleiter akzeptieren. Später erkannte ich, welch unsinniges Drama sich meine kleine verletzte Seele damit ausgedacht hatte, und hielt ein gerechtes Unentschieden für ein durchaus brauchbares Ergebnis.

Ich stand noch immer direkt am Straßenrand. Das wilde Hupen eines Lastwagenfahrers warnte mich vor der herandonnernden Gefahr. Es kümmerte mich nicht.

Was sollte das? Warum hatte sie mich so überstürzt verlassen? War ich ihr plötzlich zuwider geworden? Hatte ich etwas Falsches gesagt, sie unbeabsichtigt beleidigt? Ich konnte mich an keine meiner Äußerungen erinnern, die einen solchen

Rückschluss gerechtfertigt hätten. Außerdem: Wäre mir tatsächlich eine unangemessene Äußerung herausgerutscht, hätte sie mir zum Abschied sicher keinen Kuss gegeben. Oder?

DER KUSS! Sie hatte mich geküsst. Es hatte gedauert, bis das bei mir ankam. Luzis plötzlicher Aufbruch hatte mich in Panik versetzt. Ich hatte sie gerade erst kennengelernt und wollte sie nicht sofort schon wieder verlieren. Mein erster Impuls, sie aufzuhalten, hatte mich abgelenkt. Jetzt war sie weg, ihr Kuss aber da, und zwar so was von da. Es war kein ‚richtiger', mit allem Drum und Dran, aber mehr als irgendein Kuss zum Abschied. Hatte sie mich doch auf den Mund geküsst, womit er kurz davor war, ein ‚richtiger' zu sein. Die Wirkung traf mich jetzt, verzögert, aber mit Wucht.

Sie hatte keinen Lippenstift aufgetragen, aber da war etwas anderes, etwas, das sich als zarter Film auf meine Lippen legte, ein cremiger Schmelz, nach Erdbeere schmeckend. Ich genoss es. Ich genoss es, ihren Kuss noch immer zu spüren, und wünschte, dass das ewig so bliebe. Damit es so bliebe, wollte ich mich absolut vorsichtig verhalten, beim Essen, Waschen, Zähneputzen. Am besten wäre, dachte ich, diese Tätigkeiten überhaupt sein zu lassen, was ich auch konsequent beherzigte - na ja, zumindest im Rahmen des Möglichen. Natürlich trank und aß ich, wenn ich Durst und Hunger hatte, aber immer mit offen gehaltenem Mund, ohne dass sich die Lippen berührten. Das war nicht so einfach und sah sicher ziemlich dämlich aus. Aber es sollte nichts abgetragen werden von Luzis süßem Erdbeerschmelz. Es vergingen Tage, bis die allerletzten noch zu spürenden Kussnuancen verflogen waren. Und noch heute ist mir das Gefühl, das Luzis Kuss hinterlassen hat, präsent wie damals.

Die Begegnung mit Luzi hatte mir ein neues Universum eröffnet. Aber es war nicht die Welt der Begierde, die ich bereits kannte, die mich seit meinem dreizehnten Lebensjahr in ihren Bann gezogen hatte. Nein, es war die Welt der Sehnsucht – auch nach Körperlichkeit, sicher – jedoch eine weit darüber hinausreichende, eine umfassende, mich existentiell vereinnahmende Sehnsucht, nach einer fremden und gleichzeitig vertraut erscheinenden Seele. Ich hatte zwar eine Ahnung davon, dass es diese Sehnsucht geben müsse, war sie doch bereits in mir erwacht. Doch welch existentielle Wucht von ihr ausgehen würde, das hatte mir die Begegnung mit Luzi gerade erst offenbart. War ich etwa erwachsen geworden? Jedenfalls kam es mir vor, als hätte ich innerhalb von Minuten meine Kindheit hinter mir gelassen.

Ich versuchte, zu begreifen, was geschehen war, wollte in Ruhe nachdenken. Aber hier, neben dem Kiosk, direkt an der befahrenen Straße, war das unmöglich. Um in Ruhe nachzudenken, gab es einen besser geeigneten Ort. Hängenden Kopfes trottete ich davon, geradewegs meinem Sommerquartier entgegen, der Laube im Schrebergarten meiner Eltern.

Bis eben noch überwog die Enttäuschung, mein Ärger über die verpasste Gelegenheit. Nun bahnte sich Melancholie ihren Weg - romantisch, schön.

Was auch immer um mich herum geschah – ich nahm es nicht wahr. Ich war in mir, in meiner Welt, alles andere in einer anderen. Autos, Menschen, Bäume – alles verschwand hinter einem verschleiernden Nebel. Ich taumelte vor mich hin, verlor die Aufmerksamkeit gegenüber meiner Umgebung, war nicht im Hier und Jetzt, was mich beinahe meine Unversehrtheit gekostet hätte. Blindlings lief ich über die nächste Straße und verursachte die wenige Zentimeter vor meinen Beinen zum Abschluss gebrachte Vollbremsung eines Lieferwagens. Kurz darauf stolperte ich an einem sich spontan vor mir materialisierenden Bordstein, weshalb ich in den Armen einer älteren Dame landete, die mich mit den Worten empfing: »Nicht so stürmisch, junger Mann, ich bin kein junges Mädchen mehr.« Ich betrachtete sie wie einen Geist, einen guten, reifen Geist – das Aufflackern eines Bildes: Barbara Eden als ‚Jeannie aus der Flasche'.

»Manch junges Mädchen würde in Ihrer Nähe vor Neid erblassen«, säuselte ich. Weiß der Henker, woher ich das gerade nahm. Sicher, die Dame war gut in Schuss, sah adrett aus in ihrem giftgrünen Kostüm, den weißen Pumps und den blondgelockten, mit Sicherheit gefärbten Haaren. Sie musste einmal eine schöne Frau gewesen sein und für Männer ihres Alters war sie das bestimmt noch immer. Dennoch hätte sie meinen Spruch als böse Verhöhnung auffassen können, auch wenn eine solche Gehässigkeit überhaupt nicht in meiner Absicht lag. Dann setzte ich, wie zur Entschuldigung, noch einen oben drauf und gab ihr einen Kuss auf die Wange. »Huch, junger Mann«, rief sie gespielt entrüstet und flüsterte mir ins Ohr: »Sie sind mir ja einer.« Ich löste mich und trottete weiter.

Luzi. An anderes war nicht mehr zu denken. Immerzu nur Luzi, Luzi, Luzi. Luzi übernahm das Kommando, pulsierte in meinem Kopf, legte Synapsen lahm, überschrieb jede einzelne Zelle meines Hirns, bis mein gesamtes Denkvermögen auf Luzi reduziert war – natürlich nicht auf das Wort, den Namen. Luzi war das Synonym für ein neu entdecktes Universum und ich musste aufpassen, dass ich mich nicht in ihm verlor. Einen nicht zu unterschätzenden Anteil an dieser Entwicklung hatte der Kuss. Na ja, da war natürlich noch mehr, viel mehr, viel, viel, mehr. Aber der Kuss hatte mich umgehauen, obwohl er eigentlich nur eine Geste des Abschieds war. Vergebens wehrte ich mich gegen die Versuchung, ihm eine größere Bedeutung beizumessen. Ich war überwältigt von einem Zauber, der mich mit ungeahnter Magie in seinen Bann gezogen hatte. Natürlich wäre ich sowieso hin und weg gewesen von Luzi, diesem Zauberwesen, aber es war meine erste Begegnung mit der Intimität eines Kusses und die hatte ihre Wirkung nicht verfehlt.

Ohne mich abermals in Gefahr zu bringen, erreichte ich die Schrebergartenkolonie. Wie üblich hielt ich vor dem schmiedeeisernen Zugangstor kurz inne und tippte, bevor ich hindurch ging, zum Gruß mit dem Zeigefinger gegen die Schläfe. Es war ein vollkommen albernes, aber auch liebgewonnenes Ritual, eine Art Reverenz an den Beatlessong ‚Strawberry Fields forever'. Er war zusammen mit ‚Penny Lane' auf einer Doppel-A-Seiten-Single erschienen. Meine allererste Schallplatte, ein Heiligtum, das ich entsprechend weihevoll behandelte. Wenn ich sie zum Abspielen aus der Hülle gleiten ließ, saß jeder Handgriff, wie bei einem gewandt agierenden Zauberkünstler. Meine zehn Jahre ältere Tante hatte sie mir zu meinem zehnten Geburtstag geschenkt. Damals war ich noch nicht reif für die Beatles. Aber mit zwölf Jahren habe ich sie für mich entdeckt. Ich mochte beide Songs. ‚Penny Lane' gefiel mir erst besser, wegen seines mitreißenden Happysounds. Etwas später mochte ich ‚Strawberry Fields forever' noch etwas mehr, trotz, oder vielleicht gerade wegen seines ungewohnten, experimentellen Sounds. Erst später, so mit 14, wurde mir bewusst, dass es nicht die Klänge an sich waren, die mich in ihren Bann gezogen hatten, sondern die durch sie entstehende psychedelische Atmosphäre. Ich vergötterte den Song, stellte ihn auf die oberste Stufe meiner Lieblingslieder und bezweifelte, dass er jemals von diesem Thron verdrängt werden würde. Auch nicht von den vielen anderen Beatlessongs, die ich toll fand. So wurde ich der einzige echte Beatles-Fan in meinem Freundeskreis, weshalb ich als rückwärtsgewandter Sonderling verschrien war, nicht up

to date, was die aktuellen Bands anging (es ging meistens um Bands, fast nie um Solisten, außer bei Bowie vielleicht). Das war schon ein wenig absurd, da ich nicht nur die Beatles hörte, sondern auch topaktuelle Bands wie ‚Steve Harleys Cockney Rebel', ‚T-Rex' oder die schon etablierten ‚The Who'. Doch was die anderen dachten, war mir egal. Ein paar Jahre früher wäre niemand auf die Idee gekommen, einen Beatles-Fan rückwärtsgewandt oder nostalgisch zu nennen. Aber Mitte der 70er war ich einfach zu jung für die Beatles und damit zu spät, um als Fan der ersten Stunde ernst genommen zu werden. Die Beatles waren Geschichte. Meine Freunde hörten Sweet, Slade und Deep Purple.
Meine Tante, die enthusiastische Bewunderin der Beatles war, hatte Anfang der 70er einen Kurztrip nach England gewagt. Die Beatles hatten sich gerade aufgelöst und meine Tante damit nachhaltig geschockt. Ganz alleine machte sie sich auf den Weg nach London und Liverpool. Unbedingt wollte sie noch etwas von dem Geist ihrer Idole einfangen, der an den Orten ihres Wirkens noch durch die Straßen wehen musste. Auch war sie dabei, als Ringo und Co zu ihrem Bravo-Blitzkonzert in der Essener Grugahalle aufgespielt hatten. Noch heute schwärmt sie davon. Die Eintrittskarte hatte sie mir geschenkt – einer meiner größten Schätze.

In London hatte sie die legendären Clubs besucht, in Liverpool wollte sie alles erfahren, was zu erfahren war. Dafür hatte sie sich eine Liste mit sämtlichen Orten zusammengestellt, die in irgendeiner Weise etwas mit ihren vier Lieblingen zu tun gehabt hatten. Ihr Eifer führte sie in den Cavern Club, zum Barber Shop am Smithdown Place und auch zu den ‚Strawberry Fields'. Sie schickte mir ein Foto, auf dem sie – die Handflächen vor der Brust zusammengelegt - dem Tor zu den ‚Fields' ihre Verehrung ausdrückte. Ich hatte ihre Geste erst nicht kapiert, bis ich den Song für mich entdeckt und meine Tante verstanden hatte.

Nachdem sie wieder zuhause war, erzählte sie mir, dass sie auch die ‚Penny Lane' gesehen habe. Da ich erst viel später englische Songtexte durch quälende Übersetzungssitzungen für mich erschloss, unterlag ich bis dahin noch dem Irrglauben, ‚Penny Lane' sei ein Name wie Maggie Mae oder Peggy Sue, und ich fragte meine Tante, ob sie hübsch sei. Amüsiert beschrieb sie eine Liverpooler Straße und zeigte mir ein Foto, das sie von einem Penny-Lane-Straßenschild gemacht hatte

Ich schämte mich. Wäre ich nicht so oberflächlich und faul gewesen, hätte ich über akzeptablere Englischkenntnisse verfügen können. Aus Bequemlichkeit hatte ich immer nur auf die Musik, nie auf die Texte geachtet. Und in diesem Fall wäre nicht einmal eine große Übersetzungsanstrengung von Nöten gewesen. Die Bedeutung des Titels hätte mir einfach klar sein müssen. Ich nahm mir vor, daran zu arbeiten, nicht nur, um weitere Peinlichkeiten zu vermeiden. Ich wollte wissen, welche Botschaften meine Helden in die Welt sendeten. Nur stand ich mir bei der Erlangung dieser spezifischen Erkenntnisse bis dahin selbst im Weg.

Es überraschte mich, dass die Geschichten der Beatles auch vor ihrer eigenen Haustür spielten. Eigentlich, dachte ich, handelten ihre Texte von Frieden, Freiheit und Protest, und von Liebe natürlich. Vielleicht war es ja auch so und ihr kleiner Liverpooler Kosmos funktionierte als Spiegel der Welt. Für ihr zentrales Thema, die Liebe, galt das sowieso, das war mir damals schon klar gewesen.

Ich war mächtig stolz auf meine Tante und auf das zur Postkarte mutierte Foto mit der britischen Briefmarke, dem britischen Stempel und dem Abbild des Ortes, der von den Beatles besungen wurde. Es musste meine Tante einige Mühe gekostet haben, den Film so schnell vor Ort entwickeln zu lassen. Ich schützte das Foto in einem rahmenlosen Bildhalter und platzierte es auf der Wand meiner epochalen Devotionaliensammlung ehrenhalber in der Mitte. Fortan hing es neben der Bravo-Blitzkonzerteintrittskarte. Mit gebührendem Abstand folgten Familienporträts, Schnappschüsse von Freunden, Kinoeintrittskarten, Zeitungsberichte über die Beatles, The Who und T Rex, und Fotos von Les Paul-Gitarren, die ich nicht nur wegen ihres Klangs verehrte. *Ihre* Faszination lag in einem vielschichtigen Zusammenwirken aus Klang, Optik und dem nicht zu unterschätzenden Faktor, dass sich einige charismatische Gitarristen für sie entschieden hatten. Zu diesen zählten natürlich auch meine Helden Marc Bolan, George Harrison und Pete Townshend.

Eigentlich bestand zwischen den Toren zu den ‚Fields' in Liverpool und den Gärten in Essen keine besonders große Ähnlichkeit. Im Tor zu den ‚Fields' waren florale Muster eingearbeitet und es wurde von zwei mächtigen Backsteinpfeilern gehalten. Das Tor zur Kolonie war ohne jede Verzierung angefertigt worden und an quadratischen Stahlprofilen befestigt. Ihre Gemeinsamkeiten bestanden lediglich darin, dass sie zweiflügelig und schmiedeeisern waren, was an Assoziation offenbar genügte, um meiner Fantasie Flügel zu verleihen.

Auf dem das Tor überspannenden Segmentbogen waren blecherne Buchstaben aufgeschweißt, die, als Ersatz für den Ursprungsnamen aus den 1930er Jahren, den aktuellen Namen der Anlage bildeten: Zaubergarten.

Neben dem Tor hatte der Vorstand eine hölzerne Infotafel aufgestellt, auf der die obligatorische Hausordnung nachzulesen war und über Termine zu den Vorstandssitzungen, gemeinsame Grillabende und den Tag der offenen Pforte informiert wurde.

An Sommertagen wie diesen waren die Gärten auch in der Woche gut besucht, weshalb das Tor tagsüber offen stand. Die Anlage hatte einen breiten, zentralen Erschließungsweg, von dem in unregelmäßigen Abständen Stichwege abgingen. Es war eine weitläufige Anlage, mit überdurchschnittlich großen Gärten. Eigentlich also keine Klein-, sondern eine Großgartenanlage. Unsere Parzelle lag am äußersten Ende des Hauptweges. Ich passierte Liguster- und Hainbuchenhecken, Jäger- und Maschendrahtzäune und die unterschiedlich gestalteten Gartentore mit den aufgeschraubten Messingschildchen, auf denen Parzellennummern und Pächternamen eingraviert waren. Es roch nach Rosen, Rasenschnitt und Grillkohle. Ich hörte Kinderstimmen, nah und doch fern, Vogelgezwitscher, Wasserplätschern. Irgendjemand rief mir etwas zu, das ich aber erst registrierte, als es für eine Antwort schon zu spät war.

Nach 70 Metern erreichte ich unseren Garten. Es war der vom Eingang aus am weitesten entfernte, weshalb er ruhiger gelegen war als die Gärten am Beginn der Anlage, da wo der Straßenlärm noch deutlich zu hören war. Mit knapp 900 Quadratmetern Fläche war er auch einer der größten.

Ich öffnete das Gartentor, ging vorbei an Hortensiensträuchern und Blumenrabatten, entlang meines eigenen Erdbeerfeldes, das ich schon als kleiner Junge angelegt hatte, passierte die große Wiese mit den alten Obstbäumen, die ich bewunderte für ihre urige Würde, bis ich vor der Eingangstür zu unserer skandinavischrot gestrichenen Laube stand. Mein ‚Bullerbü'. Ich schloss auf und warf mich rücklings auf das ausgeklappte Schlafsofa. In meiner Hand hielt ich noch immer die gemischte Tüte, deren Restinhalt zu einem bunten Klumpen zusammengeschmolzen war. Voller Wucht donnerte ich ihn vor die Wand.

Ich starrte gegen die vertäfelte Decke, folgte den Linien der Holzmaserung und versuchte mich an klaren Gedanken, was mir nicht gelang und ehrlich gesagt auch nicht gelingen wollte. Musik. Ja. Musik war immer gut. Ich stand auf und suchte in der kleinen

Sammlung meiner Lieblingsalben, die ich für die Zeit in der Laube mitgebracht hatte, nach etwas Passendem. ‚The Who' versprachen energiegeladene Erdung. Auch sie waren mir von meiner Tante ans Herz gelegt worden und gehörten, neben den ‚Beatles', rasch zu meinen Helden. Ich legte die A-Seite von ‚Meaty, Beaty, Big and Bouncy', einer Singlecollection von 1971 auf, schaltete den Verstärker ein und drehte den Volumenregler hoch. Dann stellte ich den Plattenspieler auf 33 ⅓ rpm, ließ die Platte aus der Hülle in meine Hand gleiten und balancierte sie über den Stahlstift der Mittelachse des Plattentellers. Ich legte die Platte auf und drückte Start. Rasch erreichte der Teller die eingestellte Geschwindigkeit. Ich legte meinen Zeigefinger unter den Hebel des Tonarms, schob ihn über die erste Rille am Rand und setzte ihn behutsam auf dem Vinyl ab. Es war still in der Laube, wie die erwartungsvolle Stille, die sich unmittelbar vor einem stürmischen Gewitter über das Land legte. Bis auf Vogelgezwitscher, das aus der Ferne herüberwehte und dem von einem leisen Knistern untermalten Summen des Plattenspielers, war nichts zu hören. Dann, mit einem Mal, durchbrach die Wucht eines unfassbar wuchtigen Gitarrenriffs die Stille. Drum und Bass setzten ein, dermaßen gewaltig, dass ich es körperlich spürte. Der Eruption eines Vulkans gleich schleuderten die Lautsprecher die Töne heraus. Man hätte glauben können, ‚The Who' pumpten die Laube auf mit ihrem Soundgewitter. Dann setzte der Gesang ein, eher ein Schreien: ‚I don't Explain'. Dafür bewunderte ich Pete Townshend, John Entwistle, Keith Moon und auch Roger Daltrey, vor allem aber Pete. Wenn ich ihn im Fernsehen sah, wirkte er extrem cool und lässig. Als wäre es nichts, die Akkorde zu greifen und dabei eine wilde Show abzuziehen.

Manchmal verlor ich mich in Tagträumen und sah mich selbst auf einer Bühne, wie ich die Gitarre schwang und meine Fans mir zujubelten.

Townshend hatte ein schräges Gesicht und sah irgendwie verschlagen aus, so wie es sich für einen Rockstar gehörte. Ich dagegen war ein brav aussehender Junge, der weniger Townshend als vielmehr dem jungen George Harrison ähnelte. Und obwohl ich die ‚Beatles' verehrte: Viel lieber wäre ich ein ‚Who' gewesen.

Ich wusste, dass es verdammt viel schwerer war, als es aussah; denn ich hatte es selbst versucht. Ich wollte auch können, was er konnte, wollte auch cool und lässig Gitarre spielen können, weshalb ich gespart und mir eine gekauft hatte, wenn auch nur eine akustische. Eine elektrische wäre mir natürlich lieber gewesen, aber jeder, der sich auskannte, empfahl mir, erst später, wenn ich die akustische beherrschte, auf eine elektrische umzusteigen. Seit nunmehr zwei Jahren kämpfte ich mit den Stahlsaiten, die ich aufgezogen hatte. Die Ursprünglichen aus Nylon klangen mir zu brav. Der Anfang gestaltete sich ziemlich anstrengend. Erst die Blasen auf den Fingerkuppen, dann die Schmerzen schon bei simplen Barrégriffen und immer wieder das Surren der Saiten aufgrund technischer Unzulänglichkeiten. Aber ich gab nicht auf. Nach dem ersten Frust hatte mich der Ehrgeiz gepackt. Ich hatte geübt, nicht nur hin und wieder, sondern ein bis zwei Stunden täglich. Irgendwann wollte ich reif sein, für meine erste Les Paul. Doch diesem Quantensprung standen nicht meine Fähigkeiten, sondern mein Budget im Weg. So reichte es vorerst ‚nur' für eine ‚Epiphone Jumbo', eine Westerngitarre, deren klarer, voluminöser Klang mich bis heute begeistert.

Ich schmiss mich aufs Sofa und versuchte auf andere Gedanken zu kommen. Aber rasch war klar: Der Sound der ‚Who' war sicher geeignet, um Frust und Aggressionen abzuladen, aber vollkommen ungeeignet, um der geheimnisvollen Luzi auf die Spur zu kommen, denn nach nichts anderem stand mir der Sinn. ‚I don't

Explain'. ,The Who' konnten es nicht erklären, mir schon gar nicht. Außerdem hatte ich den Volumenregler zu hoch gedreht, so dass auch die Lautstärke meiner Stimmung widersprach. Ich sprang auf und suchte nach einer musikalischen Alternative. ,Strawberry Fields forever' hätte vielleicht gepasst. Aber ich hatte ,Magical Mystery Tour', das Album auf dem der Song erschienen war, zu Hause liegen lassen, die Doppel-A-Seiten-Single sowieso. Nicht nur, weil ich sie als echten Schatz betrachtete, der besser zu Hause als in der Robustheit der Gartenlaube aufgehoben waren, sondern auch, weil ich den Song schon so oft gehört hatte und befürchtete, dass er bei zu häufigem Hören an Magie verlieren würde.

Schon nach wenigen Handgriffen hatte ich eine Alternative gefunden. Mit ,Simon and Garfunkels' ,Sounds of Silence' wäre ich Luzi näher als mit ,The Who', war ich überzeugt.

Wieder fragte ich mich, warum sie mich so unvermittelt zurückgelassen hatte. Weshalb stürzte sie so plötzlich davon? Sie hatte nicht den Eindruck gemacht, dass sie es eilig hatte. Unendliche Male stellte ich mir dieselbe Frage: Hatte ihre Flucht etwas mit mir zu tun? Mindestens zwei Gründe sprachen dagegen. ,Du gefällst mir', hatte sie gesagt, und sie hatte mir den Kuss gegeben. Aber wenigstens ein Grund sprach dafür: Meine Äußerungen zu dem Mann, der uns viele Kinder wünschte. Das könnte ihr missfallen haben – zu Recht. Wie konnte ich mich nur zu so einem Unsinn hinreißen lassen? Da half es auch nicht, dass ich das einfach nur dahingeplappert hatte, ohne dass ich es wirklich so meinte – umso behämmerter das Ganze.

Schließlich wurde mir bewusst, dass ich nicht weiter kam, keine befriedigenden Antworten finden würde. Jede Mutmaßung bliebe, was sie war: Mutmaßung. Eine schlichte Erkenntnis, die keinen einzigen Funken Trost in sich verbarg. Was mich aber vollends frustrierte, war die Tatsache, dass ich nichts, aber auch gar nichts von ihr wusste. Die entscheidende Frage war: Wie konnte ich sie wiedersehen?

Ich war ihr vorher noch nie begegnet. Ich hatte keine Ahnung, wo sie wohnte und was sie hierher geführt hatte. Ich kannte weder ihren Nachnamen noch ihre Telefonnummer. Ein Gedanke ließ mich sogar verzweifeln: Die Schulferien hatten gerade erst begonnen. Vielleicht wohnte sie gar nicht in Essen und war nur für kurze Zeit zu Besuch bei Verwandten in der Stadt. Dann hätte ich wohl überhaupt keine Chance gehabt, sie wiederzusehen. Sie in der Stadt zu wissen, zu wissen, dass sie hier wohnte, hätte mir wenigstens die Hoffnung auf ein zufälliges Zusammentreffen gelassen. Doch selbst dieses Wissen fehlte mir. Das einzig Gute an meiner frustrierenden Analyse war die Gewissheit, dass die für mich ungünstige Variante nicht wahrscheinlicher war als die günstige. Es blieb die Hoffnung auf einen Zufall.

Vielleicht jedoch wusste ich mehr über sie, als es schien. Mir kamen die Zeichen, die sie mir in ihrem Atemhauch hatte mitteilen wollen, in den Sinn. Aber nachdem der bekloppte Kohlenlaster meine Sicht freigegeben hatte, war alles viel zu schnell gegangen. Außerdem hatte ich auf der gegenüberliegenden Straßenseite gestanden und war damit eigentlich zu weit entfernt, um solch kontrastlose Details identifizieren zu können. Aber es war die einzige Chance, die mir, neben dem Zufall, noch blieb.
Ich schloss die Augen und konzentrierte mich auf Luzis Atemhauch. Bald wurde mir klar, dass ich, außer irgendwelchen Buchstaben, nichts Konkretes in Erinnerung behalten hatte. Buchstaben – immerhin.

Luzi hatte es fertig gebracht, ihre Nachricht gespiegelt, also für mich lesbar zu schreiben. Das fand ich bemerkenswert, denn ihr blieb kaum Zeit dafür. Trotzdem erkannte ich kein einziges Wort und erst recht keine, mich irgendwie weiterbringende Information. Zu wenig hatte sich in meinem Gedächtnis eingeprägt.

Aber da war etwas anderes, eine Ahnung von etwas, das mir ständig entglitt, aber in lichten Momenten so etwas wie das abgegriffene Negativ eines Schwarz-Weiß-Fotos freigab. Das Problem war nur, dass mir jeder lichte Moment ein anderes Negativ, eine Variation des vorherigen zu präsentieren schien. Ich verstand nichts. Meine Interpretation dessen, was Luzi mir mitzuteilen versuchte, war nur wirres Zeug, ohne den geringsten Gewinn an Erkenntnis. Am Ende hatte ich einen Punkt oder ein Komma, vielleicht auch ein Frage- oder Ausrufezeichen ausgemacht. Sicher war ich mir nicht. Es hätte auch der Anfang sein können. Und nach der ersten Silbe könnte auch ein Zeichen gestanden haben. RO.SANI!; LEU.KESI?; SA.KALEI!; SU:LEIKI?, GA.LILAI!. Aber es war egal, ob mit oder ohne Punkt, Punkt, Komma, Strich – keine einzige der sich ergebenden Variationen wies mir den Weg zu ihr. Am Ende, da war ich mir sicher, stand ein I. Aber das, was ich mir da aus den wenigen Eindrücken zusammenbastelte, hätte alles Mögliche bedeuten können: Rosalie, Leukämie, (ausgerechnet Leukämie? Nein) Suleika, Galilei (vielleicht Galileo?). Egal, was ich mir zusammenreimte, nichts ergab einen sinnvollen Zusammenhang, eine weiterführende Spur.

Es blieb weiterhin unklar, was Luzi mir mitteilen wollte, und alle möglichen Ideen waren nichts weiter als unsinnige Hirngespinste. Vielleicht war es ihre Adresse, ihr Nachname sogar, vielleicht war es auch nur irgendeine Albernheit, nur um mich glauben zu lassen, dass sie mir etwas mitteilen wollte. Aber das dachte ich nicht wirklich. Einen solchen Schwindel hatte ich ihr nicht zugetraut. Hätte sie sich sonst die Mühe gemacht, ihre Nachricht in Spiegelschrift zu schreiben?

Bereits einen halben Tag nachdem ich Luzi kennengelernt hatte, hielt ich sie für unfehlbar.

Gelungen rumlungern

Später lag die bleierne Schwere eines heißen Sommerabends über der Laube. Es war leise geworden, die Straße verstummt, nur das bedrohliche Zischen, das beim Löschen des glühenden Koksses entsteht, wehte bruchstückhaft von der Kokerei herüber. Ich kannte das Geräusch seit Kindheitstagen. Das machte es nicht schön, aber vertraut. Klang der Heimat.

In unmittelbarer Nähe setzte eine Amsel zu ihrem Schlaflied an. Ich lauschte ihrem Singsang, was die Stimmung hob. Als Kind dachte ich, die Vögel singen deshalb so schön, weil sie fliegen können und sich über ihre grenzenlose Freiheit freuen.

Damals hatte ich eine Ahnung, ein kindliches Gefühl von Freiheit, von absoluter Freiheit, die mir jedoch der Natur vorbehalten erschien, nicht aber dem Menschen, der ständig Regeln und Anweisungen befolgen muss – räum‘ dein Zimmer auf; gib‘ Oma Hertha einen Kuss; träum‘ nicht rum und solchen Mist.

Der Gesang signalisierte: Es ist alles in Ordnung da draußen, du bist sicher, dir kann nichts geschehen. Er erdete mich, sogar frühmorgens, wenn er mich aus meinen Träumen riss und in den Tag hineinzog – lebendig, launig, laut. Und daran hat sich bis heute nichts geändert.

Mit großem Eifer intonierte die Amsel das immer gleiche Motiv, eine raffiniert komponierte, sämtliche Höhen und Tiefen ihres stimmlichen Repertoires umfassende, hin und her hüpfende Melodie, in deren unbekümmerte Leichtigkeit ich eine wohl-meinende Botschaft hineininterpretierte: Bleib cool, entspannt und unverzagt. Leider drängte ein im Sekundentakt wiederkehrendes ‚Klick, Klick, Klick‘ in die zwitschernde Beschaulichkeit und nervte. Der Tonabnehmer hatte sich in der Ewigkeitsschleife der letzten Rille verfangen. Ich stand auf, drehte ‚Sound of Silence' um, nahm mir eine Flasche selbstgemachten Rhabarbersaft aus dem Kühlschrank und setzte mich draußen auf die Bank. Drinnen sangen Paul und Art von ‚Richard Cory', draußen die Piepmätze vom ‚wonderful life'. Das war schön. Alles zusammen genommen: *zu* schön. Ich ging rein und drückte Stopp.

Nachdenken. Ich musste nachdenken. Das gelang mir am besten, wenn ich mich bewegte. Bewegung half, hilft noch immer. Meistens. Ich raffte mich auf und schlenderte umher, vorbei an den Obstbäumen, über die Wiese, durch das von Trippelpfaden durchzogene Sonnenblumenbeet und zermarterte mir mein Hirn, wie ich mehr über Luzi hätte erfahren sollen. Freunde, die vielleicht etwas wissen oder mir helfen konnten, waren im Urlaub mit den Eltern oder auf Ferienfreizeiten mit den Jugendgruppen der Gemeinden und Sportvereine. Ich war der einzige Zurückgebliebene – meinen augenblicklichen Geisteszustand ausdrücklich mit einbezogen.

Besonders viele Ansätze blieben also nicht, um Luzi auf die Spur zu kommen – genau genommen blieb nur ein einziger: Der Inhalt unseres Gesprächs – und der war nur mäßig geeignet mehr herauszufinden. Denn Luzi hatte nicht gerade viel von sich preisgegeben. Dennoch, irgendetwas Persönliches musste sie von sich verraten haben, glaubte ich, hoffte ich. Eine vermeintliche Bagatelle vielleicht, etwas, das mir unbedeutend erschien, aber mehr zu bieten hatte, oder etwas, das mir bislang nicht aufgefallen war, aber einen erhellenden Hinweis in sich verbarg. Ich versuchte Sätze und Worte zu erinnern, auch Betonungen und ließ sogar Momente des Schweigens an mir vorüberziehen. Ich war überzeugt: Jede Information, und schien sie noch so unbedeutend, hätte mich ihr ein kleines Stückchen näher bringen können. Ich ging alles penibel durch, immer wieder, unzählige Male – vergeblich. Schließlich verfiel ich in nichts bringende Grübelei, aus der mich erst spät, nachdem es längst schon dunkel geworden war, ein wohl bekanntes und dennoch ungehörtes Geräusch entriss – der Klang der Stille. Paradox, wie laut die Stille der Nacht sein kann, wenn man nicht mit ihr rechnet. Es war, als sei ich der einzige nichtschlafende Mensch auf der Welt. Ich schaute mich um. Keine Sterne über mir, aber ein fast voller Mond. Neben mir Bäume, Sträucher, Hecken, die schwarze Schatten auf diffus beleuchteten Wiesengrund warfen. Einsamkeit – erhabene.

In diesem Moment war ich wie befreit von meiner Last, als hätte sich ein meine Gedanken verschleiernder Nebel aufgelöst, wie ein Wassertropfen auf dem heißen Plattenherd. Ich sah Luzi wieder so ergriffen und fasziniert vor mir, wie im Zauber des allerersten Augenblicks.

Ich schlenderte zurück in die Laube und ließ mich aufs Sofa fallen. Mit Luzi-hier-Luzi-da-Luzi-überall-Gedanken schlief ich ein. Mit Luzi-hier-Luzi-da-Luzi-überall-Träumen schlief ich durch bis zum nächsten Morgen. Mit Luzi-hier-Luzi-da-Luzi-überall-Gedanken wachte ich auf. Doch außer in chaotischen Bruchstücken, war kein einziger Traum mehr präsent.

Dafür lief mein Kopfkino sofort wieder auf Hochtouren, sehr konkret, mit Luzi in der Hauptrolle. Kein Wunder, nach der überwältigenden Wucht ihres ersten Auftritts, gestern am Kiosk. Ihn genial zu nennen, wäre einer kaum zu übertreffenden Untertreibung gleich gekommen und ich war gespannt darauf, was die erhoffte Fortsetzung des Spielplans zu bieten hatte. Mein Oskar jedenfalls war ihr sicher. Dabei hatte sie nicht einmal eine Rolle gespielt.

Schon beim Aufwachen hatte ich bemerkt, dass sich meine Stimmung vom Vorabend über die Nacht gerettet hatte. Hätte ich sonst zu der Erkenntnis gelangen können, dass nicht entscheidend war, dass ich Luzi vielleicht niemals mehr wiedersehen würde, sondern dass ich ihr überhaupt begegnet war?

Je mehr ich Luzi glorifizierte, desto besser wurde meine Laune, und das, obwohl ich mir keine besonders imposanten Perspektiven ergrübelt hatte. Ihren Anteil daran hatte sicher auch die wieder komplett angetretene Vogelschar, die einen Gutelauneklassiker nach dem anderen in die Morgenfrische herauszwitscherte. Ich weiß nicht genau, wie es passierte, vielleicht war es das Zusammenspiel von Sommer, Sonne, Morgenstimmung, dass mich ein eigentlich unzeitiges, trotzdem sehr reales Hochgefühl überwältigte. Leider hatte ich keine Ahnung, wie ich diesem Hochgefühl reales Leben, also ein Sein mit Luzi, hätte einhauchen sollen. Es kam mir vor, als hätte mein Glück vorsichtig angeklopft, den Beatles folgend kurz ‚Hello' gerufen und sofort wieder ‚Goodbye'. Oder als wäre es gefangen in einem verhängnisvollen Märchen und ich hätte es nur umschreiben müssen, um mein Glück zu befreien. Doch mein persönliches Märchen war komplizierter als die, die ich aus meiner Kindheit kannte. Nein, mein Märchen war nicht komplizierter – es war kein Märchen. Immerhin bewahrte mich meine Hoffnung vor resignierendem Selbstmitleid. Das war nicht nichts. Das war eine Menge, auf die man aufbauen konnte.

Hochgefühl! Das Wort, das den Zustand meiner momentanen Befindlichkeit so treffend beschrieb, schwirrte mir durch den Kopf, als wolle es mich ständig daran erinnern, dass ich mich in einem höchst erfreulichen Ausnahmezustand befand und, anstatt zu grübeln, lieber Fanfaren schmettern sollte, was ich zu beherzigen versuchte.

Hochgefühl! Eine Beschreibung, deren Verwendung mir im Zusammenhang mit mir selbst bisher nicht in den Sinn gekommen war, obwohl es aus anderen Gründen möglicherweise angemessen gewesen wäre. Eine passende Erfahrung dafür wollte mir allerdings nicht einfallen.

Ich ließ mich fallen und badete in meiner neu entdeckten Gefühlsduselei. Augenblicklich erschien mir nichts wertvoller auf der Welt als dieses Gefühl. Und nichts mehr schien mir unmöglich. Was für ein Zauber war das, wenn eine Fremde in der Lage war, so etwas Wunderbares aus dem eigenen Ich heraus entspringen zu lassen? Diese Fremde konnte doch nur ein Geschenk des Himmels sein, was auch immer mit Himmel gemeint und ein solcher an Geschenken zu vergeben in der Lage war.

Ich fühlte mich *high*. Jedenfalls spekulierte ich, dass sich *high* sein so anfühlen müsste. Ich hatte noch nie Drogen genommen, aber vielleicht, dachte ich, lohnte es sich, damit anzufangen, wenn man damit ähnlich über den Dingen schweben würde.

Dieses Gefühl. Niemand war in der Lage es mir zu nehmen und selbst wenn meine Sehnsucht unerfüllt geblieben wäre – Luzi hätte mir kein schöneres Geschenk bereiten können.

Die nächsten Tage vertändelte ich nutzlos. Entweder ich hörte exzessiv Musik oder ich gab mich schwärmerischen Träumereien hin. Bis auf zwei zum Ritual gewordene Ausnahmen, verließ ich kaum mehr den Garten.

Die erste Ausnahme war der morgendliche Gang zum Kiosk. Dabei hoffte ich auf ein zufälliges Wiedersehen, auch wenn ich nicht wirklich daran glaubte, da wir uns erst am späten Vormittag über den Weg gelaufen waren und mir der Morgen wenig erfolgversprechend für ein Wiedersehen erschien. Der eigentliche Grund meines morgendlichen Spaziergangs war der Kauf der Blitzzeitung, wie ich das reich bebilderte Blatt nannte – weniger der journalistischen Inhalte, mehr der zahlreichen Fotos spärlich bekleideter junger Damen wegen.

Die zweite Ausnahme machte ich am Mittag. Eine Viertelstunde vor zwölf verließ ich mein Gartenreich. Kurz vor zwölf stand ich vorm Kiosk und registrierte enttäuscht Luzis Abwesenheit. Kurz nach zwölf stieg ich in ‚Luzis Bus' und fuhr bis zur Endhaltestelle und wieder zurück. Geduldig und konzentriert, so wie es mir in der Schule niemals gelang, spähte ich durch die Fenster. Ich wollte alles wahrnehmen, genau, ganz genau, nichts verpassen, ließ mich von nichts und niemandem ablenken, erlaubte mir nicht die geringste Unachtsamkeit. Jeden Tag befolgte ich das gleiche Ritual. Irgendwann würde, musste ich Luzi entdecken, da war ich mir sicher. Etwas anderes war nicht denkbar – eine absurde Vorstellung. Am Porscheplatz und am Hauptbahnhof hätten die unzähligen Umsteigemöglichkeiten Luzi in jeden noch so abgelegenen Winkel der Stadt verschlagen können. Doch wollte ich mir die Ausweglosigkeit meines Vorhabens nicht eingestehen, selbst dann nicht, als mir klar wurde, dass sich im Hauptbahnhof nicht nur Bus- und Straßenbahnen, sondern auch regionale und internationale Zugverbindungen kreuzten.

Ich sah eine Menge Mädchen: dürre, pummelige, schminkemaskierte, bestrumpfte, in Lackschuhen steckende, die Nasen nach oben tragende eingebildete, die Blicke nach unten gerichtete schüchterne, haufenweise Drogengespenster, aber auch die zum Niederknien anbetungswürdigen.

Und ich sah Luzi. Sah sie natürlich nicht. Sah aber Mädchen, die im ersten Augenblick so wirkten. Statur, Haare, eine Geste. Kurzes Glück.

Ich hatte keine Augen für die Gegend. Nach dem ganzen Hin- und Hergefahre war mir nie richtig klar, in welchem Stadtteil, geschweige denn, in welcher Straße ich mich gerade befand.

Häuser, Bäume, Plätze, alles, was einen Stadtteil, ein Viertel, eine Straße ausmacht, war mir verborgen geblieben. Alles wirkte gleich trostlos, austauschbar und mit einem Makel versehen. Es fehlte etwas. Jemand.

In Erinnerung blieben nur wenige Situationen, in denen Außergewöhnliches geschah. Ein im Hauseingang sich leidenschaftlich küssendes Paar, ein Auffahrunfall zweier Straßenbahnen – wie auch immer es dazu kommen konnte, ein Polizeieinsatz, bei dem Streifenwagen und Zivilfahrzeuge einen Kleinwagen ausbremsten. Eine Menge Bewaffneter sprang heraus und zerrte mit angelegten Maschinenpistolen drei Männer aus dem Wagen, die eher lässigen Hippies glichen als gefährlichen Kriminellen. Aber was wusste ich schon.

Einmal, während der Bus an einer Haltestelle wartete, sah ich in einer Seitenstraße einen Typen, der mit zwei einschlägigen Dosen bewaffnet, die Motorhaube eines Wagens mit Farbe besprühte. Dabei dürfte es dem Sprayer kaum um die Beseitigung eines Lackschadens gegangen sein, hastig, wie er agierte. Da sich der Typ genau zwischen mir und dem Wagen befand, konnte ich das Ergebnis seiner Aktion nicht sofort erkennen. Und nachdem der Bus die Türen geschlossen hatte und zügig wieder anfuhr, drohte mit dem Heranrücken des nächsten Häuserblocks die Szene aus meinem Blick zu geraten. Doch plötzlich drehte sich der Kerl um und türmte in meine Richtung rennend davon, womit er für einen Wimpernschlag die Sicht auf neongrüne Ziffern freigab: ‚NAZI'. Und in diesem Moment erkannte ich auch den Wagen. Es war der Mercedes von Herrn Brauer, einem meiner Pauker. Ich erinnerte mich an eine Unterrichtsstunde, nach deren Ende ich zusammen mit meinen Freunden Volker und Jörg mächtig Dampf abgelassen hatte.

Herr Brauer hatte Mitschüler Krotzki mit seinem Schlüsselbund abgeworfen. Eine solche Aktion wäre infolge Krotzkis üblichem Verhalten grundsätzlich gerechtfertigt gewesen, war er doch ein unerträglicher Arsch. Herr Brauer glaubte, dass Krotzki versucht hatte, ihm Beinchen zu stellen, während er, den Unterrichtsstoff in seiner eigenen, unübertrefflich langweiligen Art, vortragend, an Krotzkis Platz vorbeischlenderte. Aber diesmal war Krotzki unschuldig, stolperte Brauer doch einfach nur über den Schulterriemen von Krotzkis Schultasche. Das musste Brauer bewusst, aber auch egal gewesen sein. Offenbar sah er darin eine willkommene, vielleicht sogar von ihm selbst provozierte Rechtfertigung, seine jahrelang gepflegte Krotzkische Aversion wieder einmal durch eine kleine, aber schmerzhafte Erziehungsmaßnahme auszuleben.

Die 68er hatten bleibende Wirkung hinterlassen und vom Lehrkörper ausgehende Gewalt war schon seit Jahren geächtet. Zugegeben, Krotzki war der einzige Schüler der Klasse, der sich regelmäßig mit der noch aus der Kaiserzeit stammenden und besonders von Brauer am Leben gehaltenen Lehre der pädagogischen Züchtigung konfrontiert sah. In diesem Fall hatten Brauers Methoden einen riesigen, die Struktur einzelner Schlüssel bestens abbildenden Bluterguss an Krotzkis Hals hinterlassen. Aber auch wenn wir Krotzki nicht leiden konnten – Brauers Verhalten fanden wir skandalös.

Nach einigen Tagen musste ich mir eingestehen: Die ÖPNV-Fahndung war von Anfang an nichts weiter als Beschäftigungstherapie ohne Aussicht auf Erfolg gewesen.

Mittlerweile war es Sonntag geworden. Ich lag rücklings auf der Wiese und beobachtete die heranziehenden und erstaunlich unterschiedlichen Wolkenformationen. Nach einer Weile bemerkte ich, dass sie sich wie Flugzeuge in unterschiedlichen

Geschwindigkeiten und Höhen bewegten. Die Luftströmungen trugen sie in alle möglichen Richtungen, ließen sie überlagern oder sogar kollidieren. Es wirkte seltsam trügerisch. Denn sie kollidierten nicht wirklich, und wenn es doch so aussah, geschah kein Unglück, wie es bei zwei Flugzeugen der Fall gewesen wäre. Sie vereinigten sich lediglich zu einer größeren, mächtigeren Wolke. Bis zu diesem Sonntagnachmittag war mir dieses Phänomen nicht aufgefallen. Der gesamte Himmel war in Bewegung geraten. Von überall her kamen Wolken herangezogen, große und kleine, kompakte und zerfranste, helle und dunkle. Sie durchdrangen sich, bildeten neue, immer bizarrere Formationen. Irgendwann wurde mir ganz anders von dem vielen Hin und Her. Mein Kopf schwirrte, alles drehte sich, taumelte durcheinander. Was ich sah verschmolz zu etwas Neuem, nie zuvor Gesehenem, wie in einem riesigen Kaleidoskop.

PENG!

Das war's. Unvermittelt hatte ich Luzis Code geknackt. Ich war wieder im Hier und Jetzt, und es kam mir vor, als gäbe es nur einen Gedanken, als hätten sich sämtliche Synapsen zu diesem einen Geistesblitz vereint. Plötzlich war es sonnenklar, was Luzi mir mitzuteilen versuchte.

KALEIDOSKOP!
‚Sa.Kalei', musste es heißen. Na klar, das war total logisch und absolut naheliegend. Sie hätte es exakter kaum ausdrücken können. Doch hatte sie etwas unterschätzt, etwas, das in der Lage war, eine derart subtile Kommunikation schon im Keim ersticken zu lassen – meine Blödheit.

Als ‚Kalei' bezeichnete man die alternative Rockdisco Kaleidoskop, die neben der alten Synagoge, am Rande der Innenstadt beheimatet war. Manche nannten sie einfach nur ‚Kalei', andere, ergänzt durch den Namen des Besitzers: ‚Sigis Kalei'.

‚SA.KALEI'

Wir hatten eine Verabredung: SAMSTAG im KALEI.

GESTERN!

Es war zum Verrücktwerden. Nachdenken, ich musste nachdenken – äh, nein, wozu, was sollte das bringen? Vergiss es, dachte ich. Ich drehte mich auf die Seite und schmollte vor mich hin. Vergiss es, dachte ich wieder, immer wieder. Und dann dachte ich: Vergiss, dass du vergessen willst.

Nach einer Weile gerieten Geräusche von unter Tage in mein Bewusstsein. Ich konnte sie hören. Schon seit ich Kind war, konnte ich sie hören. Das Surren der Bohrer, das Klopfen der Hämmer, das Kratzen der Fräsen und das Bollern der Loren. Ich lauschte. Keine Ahnung, was ich mir davon versprach, was ich damit bezwecken wollte. Vielleicht suchte ich in diesem besonderen Moment einfach nur Trost in einer Fähigkeit, die außer mir niemand anderes beherrschte – jedenfalls war mir niemand anderes bekannt. Wahrscheinlich war ich wirklich der einzige, der das Talent für einen solchen Unsinn besaß.

Die meisten würden überhaupt nichts hören, wenige vielleicht an archaische Zeichen aus der Vergangenheit glauben und vereinzelte, vom rationalen Weg Abgekommene, Poltergeister vermuten. Ich allerdings wusste genau, was da unten geschah. Und ich wusste genau, wo es geschah. Ich wusste, wie und wo die Geräusche entstanden, konnte sie genau lokalisieren, ohne technische Hilfsmittel: geografische Länge, geografische Breite, geografische Tiefe. Einfach so.

Ich, Michi Superman. Tatsächlich bildete ich mir etwas darauf ein. Super daran war vor allem: Es funktionierte – als Ablenkung von meiner Unzulänglichkeit, meinem Pech, mir.

Doch mit dieser Einschätzung spielte ich mir nur etwas vor. Denn wenn, dann funktionierte meine Ablenkung überhaupt nur für den Moment. In Wirklichkeit trug ich tagelang Trauer über meine verpasste Verabredung im ‚Kalei'. Und ein schwer auf meinem Gemüt lastender Gedanke begleitete mich vom Aufstehen bis zum Schlafengehen: Luzi, Luzi, Luzi, warum nur machst du es so schwer für mich!?

Wolf Gang

Ich brauchte etwas, dass mich wieder auf die Beine stellte – sowohl im Wortsinn als auch mental. Dafür schien mir eine meiner liebsten Tätigkeiten am besten geeignet: das Bumerangwerfen.

Die Wiederkehr eines Bumerangs ist pure Magie. Besonders am Anfang, wenn die ersten Würfe geglückt sind, und erst recht dann, wenn der Werfer noch ein Kind ist. Doch selbst einem Kind wird irgendwann klar, dass der große Bogen, den das Fluggerät am Himmel zeichnet, weniger den Vorgaben von Magie, als vielmehr dem Ergebnis von Schnelligkeit, Geschick und Schwerkraft folgt. ‚Aerodynamik' erklärte Dr. Matt, mein Physikpauker, unromantisch.

Dennoch: Trotz aller Erkenntnis und wider besseres Wissen schwirrt immer auch Magie mit, wenn ein gebogenes Stückchen Holz, im richtigen Winkel in den Himmel geschleudert, den Weg zum Werfer zurückfindet. Kompliziert ist das nicht, jedenfalls nicht besonders. Dem Fluggerät muss nur der entscheidende Impuls mitgegeben werden. Die Kunst besteht darin, im richtigen Augenblick den exakten Abwurfwinkel zu treffen. Wenn man es raus hat, klappt es mühelos – fast immer. Aber längst nicht alle hatten es raus. Und meine Clique, die ihre Wurftechnik bis zur Perfektion verfeinert hatte, fand gut, dass das so war. Denn *wir* waren die Experten und stolz darauf.

Volker und und Jörg, meine beiden Werferfreunde, gehörten zu den wenigen, die noch nicht in die Ferien gefahren waren. Wir hatten uns für den Nachmittag verabredet. Auf der Brache unweit der Kokerei Zollverein wollten wir unsere Bumerangs fliegen lassen. Die Gegend bestand aus einer riesigen Schotterfläche, auf der sich lediglich übersichtlich große Inseln niedriger Sträucher und wilder Wiesen angesiedelt hatten, sodass man das Wurfgerät leicht finden konnte, sofern man den impulsgebenden Kick beim Abwurf doch einmal vermasselt hatte und das Ding im Nirwana, anstatt bei einem selbst landete.

Natürlich sprach ich die beiden zuerst auf Luzi an. Doch weder Volker noch Jörg hatten Luzi jemals gesehen, geschweige denn gesprochen, weshalb sie mir, ihrer verpassten Erfahrung wegen, affektiertes Selbstmitleid vorspielten. Meine Beschreibung Luzis war wohl etwas zu überschwänglich geraten.

Wir hatten uns gerade eingeworfen, als etwa hundert Meter entfernt eine Gruppe fies wirkender Jugendlicher auftauchte und gleich auf uns zusteuerte. Da stand Ärger an, was auch meinen Werferfreunden sofort klar wurde, weshalb sie sich ihre Wurfgeräte schnappten und mit den Worten »komm, Michi, wir hauen ab« schneller das Weite suchten, als es ihnen ihr Sportlehrer jemals zugetraut hätte.

Ich blieb stehen. Abhauen war mir zu blöd. Aber schon im nächsten Moment fragte ich mich, warum gerade ich kein Fersengeld gegeben hatte. Keine Ahnung, was da in mich gefahren war, was ich mir dabei gedacht hatte. Möglicherweise entfachte die Neugier auf das, was geschehen würde, ein bisher selten verspürtes Bedürfnis auf zu bestehende Abenteuer. Aber die für mein Verharren plausibelste Erklärung war weniger meinem Mut, als vielmehr meinem Gleichmut geschuldet. Und so wartete ich ab – etwas verzagt zwar, dennoch einer robusten Zuversicht vertrauend.

Körperlich gehörte ich nicht gerade zu den schwächsten meines Alters, weshalb ich eigentlich nie in bedrohliche Situationen geraten war. Doch warf ich lieber ein Stückchen Holz in die Luft oder baute Baumbuden und Staustufen, als dass ich mich um des Prügelns willen hätte prügeln wollen. Doch genau das würde gleich geschehen, war ich mir sicher.

Es mochten an die zehn Typen sein, die jetzt so schnell auf mich zukamen, dass mir keine Zeit für Angst blieb. Vorneweg ein ratterndes Mofa, dahinter eine Horde Bonanzaräder, die aussahen wie geschrumpfte Chopper aus ‚Easy Rider' mit ihren hochgezogenen Lenkern und den wirbelnden Fuchsschwänzen überall. Dem Tross folgte eine mächtig aufgewirbelte Staubwolke. Kaum bei mir angekommen, umkreisten sie mich johlend. Einer blies auf einer Mundharmonika ‚Spiel mir das Lied vom Tod'. Sehr witzig. Wunderlich, wie der das überhaupt hinbekam, inmitten des ganzen Smogs.

Irgendwann hatten sie offenbar genug von ihrem Getue und blieben auf ein Handzeichen des Mofaführers hin abrupt stehen. Bis auf den Anführer, der schon achtzehn sein mochte, schätzte ich die Jungs auf dreizehn bis sechzehn.

Der Mofafiosi stieg gemächlich ab, baute sich vor mir auf und stemmte die Arme in die Hüften. Dann legte er den Kopf schräg und kniff die Augen zusammen.

Es war derselbe Typ, der ‚NAZI' auf die Paukerkarre gesprüht hatte und jetzt erkannte ich ihn auch als einen der älteren Schüler meiner Penne. Abistufe.

Er hatte blonde, leicht gewellte Haare, die ihm als ausgewachsene Matte bis auf die Schultern fielen. Hemd und Hose bestanden aus verwaschenem Denim, um den Hals trug er ein fadenscheiniges, rotes Tuch und seine Füße steckten in ausgetretenen Cowboystiefeln.

»Wie heißt du?«, fragte er mich und spuckte mir sein ausgelutschtes Kaugummi vor die Füße.

»Michael«, sagte ich.

»Michael ..., okay Michael, ich bin Wolf.« Er streckte seine Hand aus und griente.

Ich nickte und schlug ein.

Es folgte kein gewöhnlicher Handshake, eher ein Härtetest. Wolf hatte einen festen Griff und er drückte immer stärker zu. Ich ahnte, wo das hinführen sollte. Noch hätte ich mich seinem Griff entziehen können. Aber wie hätte das ausgesehen. So schnell wollte ich mir den Schneid nicht abkaufen lassen. Mein Glück, dass Wolf nicht sofort seine volle Power einsetzte, sondern der Show wegen den Druck nur allmählich erhöhte. Ich bündelte all meine Kraft und hielt dagegen. Es war meine einzige Chance, diesem Schraubstock die Energie zu nehmen, bevor er meine Finger endgültig zermalmen würde, dachte ich. Wolf sah man die Kraftanstrengung nicht an, was mich etwas entmutigte, da ich nicht mehr lange in der Lage gewesen wäre dagegenzuhalten. Doch kurz bevor mir Zuversicht und Kraft entschwanden, lockerte Wolf seinen Griff und begann, fast schon höflich, lange, sehr lange meine Hand zu schütteln. Die ganze Zeit zeigte er sein gleichbleibend freches Grinsen.

»Nicht schlecht!«, sagte er.

Meine Hand schmerzte. Ich hatte Mühe, die Tränen zurückzuhalten und hielt die Klappe.

»Also Michael, ...« Wolf unterbrach sich und schüttelte den Kopf. »Michael – was für ein bescheuerter Weicheiname, findest du doch auch, oder!?«

Ich zuckte mit den Schultern. »Hab ich noch nicht drüber nachgedacht«, antwortete ich.

»Hat er noch nicht drüber nachgedacht«, rief Wolf belustigt in die Runde, die seine Worte feixend wiederholte.

»Hat er noch nicht drüber nachgedacht. Ha, ha, ha.«

»Aber sonst merkst du schon noch was«, bohrte Wolf nach.

»Manche nennen mich auch Michi«, sagte ich.

»Michi, na ja, kein Hammername, aber schon mal besser. Damit lässt sich arbeiten.«

»Das hoffe ich.«

»Willst du mich verarschen?«

»Aäh ...«

»Würde ich dir auch nicht raten.« Wolf kratzte sich am Kopf. »Michi. Nein, Michi ist es noch nicht«, grummelte er und dachte konzentriert nach. Dann lächelte er. »Ich nenn' dich Mic.«

Die Ernsthaftigkeit seiner Namenssuche amüsierte mich. Ich tat erfreut.

»Das hier ist unser Gebiet, Mic! Wir passen auf, dass nix passiert!«

Ich hatte keine Ahnung, dass die Brache unter bandentechnischem Schutz stand und hob die Schultern.

Wolf schaute in die Runde. »Stimmt's, Leute? Das ist unser Gebiet. Ohne unsere Erlaubnis hat hier keiner was verloren.«

»Genau«, schallte es aus der zweiten Reihe.

Dann nahm er wieder mich ins Visier. »Und wenn doch, wird's ungemütlich, capito?«

»Capito?«, repetierte der Chor.

»Verstanden, ja«, sagte ich und nickte.

»Das ist schon mal ein Anfang. Was machst du hier überhaupt?«

»Bumerang werfen«, antwortete ich wahrheitsgemäß.

»Seh' ich selber, Meister Oberschlau.«

›Dann frag' nicht so dämlich‹, sagte ich, sagte ich natürlich nicht, dachte es nur.

Die anderen klatschten in die Hände und johlten. Wolf grinste in die Runde und genoss die Beifallsbekundungen. Nach ein paar Sekunden machte er eine wegwischende Armbewegung. Der Chor verstummte.

»Wieso bist du hiergeblieben? Ich meine, wieso bist du nicht abgehauen, wie deine fein…, wie deine feigen Freunde?«

Ich hob die Schultern. »Weiß nicht genau.«

»Wie, weiß nicht genau? Bist du bescheuert oder was?«

Gegröle.

Ich hatte nicht den Eindruck, dass Wolf die Frage ernst gemeint hatte, wollte in diesem Fall aber keine Antwort schuldig bleiben. »Nö«, sagte ich.

»Okay, wenn nicht bescheuert, was bist du dann?«

Wieder hob ich die Schultern.

»Mutig vielleicht?«

Und abermals hob ich die Schultern.

»Okay Mic, auch wenn es dir die Sprache verschlagen hat:

Mach dir keine Sorgen – ob mutig oder nicht werden wir gleich herausfinden.«

Aber ich machte mir Sorgen. Denn Wolfs Formulierung taugte kaum zu meiner Beruhigung – im Gegenteil.

»Zeig mal her«, befahl er und streckte seinen Arm aus.

Ich gab ihm den Bumerang.

»Das klappt?«

»Meistens.«

Wolf trat aus dem Kreis heraus, stellte sich in Position, nahm zwei Schritte Anlauf und schleuderte die Sichel in den Himmel. Vierzig Meter weiter fiel sie zu Boden. Das war eine zugegeben beachtliche Distanz, aber ohne den entscheidenden Rückflug zum Werfer bedeutungslos. Wolf wusste das, ließ sich aber nichts anmerken.

Die anderen pfiffen anerkennend durch die Zähne. Ohne Blickkontakt zu seinen Leuten aufzunehmen, deutete Wolf in Richtung der Absturzstelle. Sofort löste sich ein kleiner Dünner aus der Gruppe und spurtete los. In Nullkommanichts war der an der Absturzstelle angekommen und ergriff bei vollem Laufschritt und kurz nach unten gebeugtem Oberkörper das Wurfgerät. Wenige Augenblicke später stand er wieder bei uns. Er verdrehte den dürren Körper zu einem ungelenken Dienerknicks und übergab Wolf das Fluggerät.

»Mach *du* mal«, befahl Wolf und legte mir den Bumerang in die Hand.

Mit ausladenden Armen zeigte ich an, mehr Platz zu benötigen. Missmutig wich die Horde zurück.

Mit einem geschickt angesetzten Wurf hätte ich Wolf überraschen und ihm einen Knockdown versetzen können. Doch verwarf ich den Gedanken sofort wieder. Erstens wäre es ziemlich gemein gewesen, und zweitens mochte ich mir weder Wolfs Reaktion, noch die seiner Mannschaft vorstellen.

Ich nahm fünf Schritte Anlauf und erwischte genau den Wurfwinkel, der die wiederkehrende Flugbahn des Geräts bestimmte. Der Bumerang sirrte durch die Luft. Nach drei Sekunden war der Kurvenscheitelpunkt zum Rückflug erreicht. Hier zeigte die Sichel nur ihre Schmalseite und entschwand kurz aus dem Blick. Einen Wimpernschlag später tauchte sie wieder auf und raste in einem scharf geschnittenen Bogen direkt auf mich zu. Während die anderen zurückwichen, erwarteten Wolf und ich bewegungslos die Ankunft. Genau vor meinen Füßen bohrte sich das Ding in den Boden. Spektakulärer ging's nicht.

»Cool«, sagte Wolf anerkennend und stellte seine Daumen hoch. »Stammst wohl von den Abo..., Abori..., von den Skippys ab, was?«

Wenn man sich für Bumerangs begeisterte, war man auch interessiert an Didgeridoos und den Traumpfadmythen der australischen Ureinwohner. Und natürlich wusste man, wie sie genannt werden. Aber unter diesen Umständen hielt ich es für angemessen, von einer schlaumeierischen Belehrung abzusehen.

»Nur ,ne Frage der Technik«, antwortete ich.

»Okay, das ist dein Ding«, befand Wolf. »Aber bevor wir weitermachen und du zu schätzen lernst, was unsere Sache ist, solltest du wissen, mit wem du es zu tun hast.«

Wolf blickte in die Runde und zeigte auf den Bumerangapportierer. Der trat einen Schritt nach vorn. »Zatopek«, schoss es aus ihm heraus. Dann machte er genau den einen Schritt zurück und stellte sich ohne ein weiteres Wort zu verlieren wieder in die Reihe. Mehr als seinen Namen konnte oder wollte er offenbar nicht preisgeben. Zatopek hatte eine Lücke zwischen den Schneidezähnen, war klein, schmächtig und wirkte überhaupt ziemlich verhuscht. Ich war froh, dass er Anschluss bei Wolf gefunden hatte.

Neben Zatopek stand ein kräftiger Typ mit angefetteten kinnlangen Haaren und Aknegesicht, in dem eine boxerähnliche Knollennase den Blick auf sich zog. Er trug einen bereits wilden, aber noch etwas schütteren Bart, den er – in welcher Absicht auch immer – sich selbst überlassen hatte, so schartig umrahmte er den kantigen Unterkiefer. Es war nicht sofort zu bemerken, aber irgendwie wirkte er nicht besonders entspannt. Im Gegenteil: Er war die personifizierte Nervosität. Dieser Eindruck wurde durch die im Ausschnitt seines T-Shirts hin und her baumelnde Fletsche nicht gerade entkräftet. Er wackelte von einem Fuß auf den anderen und erinnerte mich an den Wackeldackel auf der Hutablage des Opel Kadett meiner Eltern. Er zeigte mir den Mittelfinger und rief: »Fick, Fick, Fick dich, Arschloch.«

›Ein wahrlich ungewöhnlicher Name‹, sagte ich, sagte ich natürlich nicht, dachte es nur. Und wie auch immer sein Name lautete: Der Kerl, so unruhig und ungehobelt er auch wirkte, guckte eigentlich ganz friedlich aus der Wäsche und wenn seine Worte auch etwas unkonventionell gewählt waren, so platzten sie formal eher freundlich und zugewandt heraus.

Wolf boxte mir kumpelhaft gegen die Schulter und lachte. »Sorry Mic, Rocky hat's nicht so mit den Etiketten. Außerdem hat er diese Krankheit, dieses Syndrom, du weißt schon ..., wie heißt das noch gleich, Tournee..., ne, Tourette.«

In diesem Fall der Wortfindung hatte Wolf nicht nur rechtzeitig die Kurve gekriegt, er war mir auch ein Stück voraus. Denn von einem solchen Syndrom hatte ich noch nie etwas gehört. Und ich konnte mir rein gar nicht vorstellen, was eine Krankheit und eine solch unkonventionelle Begrüßungsformel miteinander zu tun haben sollten. Ich nahm mir vor, am Abend den Duden zu befragen, und nickte verständnisvoll.

Der nächste war ein kleiner Dicker, der mir wegen seiner Rundlichkeit eher gemütlich als gefährlich erschien.

»Hallo Mic, ich heiße Bert, aber man nennt mich Bertha – wegen der Kanone.«

Wir waren Kinder des Ruhrgebiets, wir waren Essener und wussten natürlich Bescheid über die Geschichte Krupps, unserer bedeutendsten Industriellenfamilie und eines ihrer berühmtesten Produkte. Und natürlich konnte ich mein Wissen nicht für mich behalten, was sich um ein Haar als fatal erwiesen hätte.

»Die ‚Dicke Bertha'«, prahlte ich.

Berthas Körper – besser gesagt, sein den Körper bedeckender Fettpanzer – geriet in Wallung. Einen Augenblick später rollte er auf mich zu und stoppte dermaßen dicht vor meiner Nase, dass man hätte annehmen können, ihm galt die Wahrung auch nur des geringsten Sozialabstands als inakzeptable und widerwärtige Form des Einschleimens. Er spuckte aus und sah mich an. Seine grünen Augen funkelten. »Sach noch einmal ‚Dicke Bertha' und du brauchst n' Pfleger, capito Bursche!?«

Wolf grätschte dazwischen: »Komm runter Bertha.«

»Man wird sich doch wohl noch aufregen dürfen.«

»Mic hat's nicht so gemeint, stimmt's Mic?«

Ich nickte.

»Aber der hat mich ‚Dicke' …«

»Mic hat's kapiert. Lass gut sein.«

»Okay, okay«, grummelte Bertha und zog sich wieder zurück.

»Entschuldige, Mic.« Wolf hob die Hand über den Kopf und drehte mit dem Zeigefinger Kreise. »Bertha hat da irgendwie ein' Pin in der Birne.«

Das, dachte ich, klang nach Euphemismus, dass Bertha etwas in der Birne hat. Aus Sorge, ich könnte wieder in ein Fettnäpfchen treten, zog ich es vor, den Gedanken für mich zu behalten.

Der nächste war eher ein Typ Buchhalter, feingliedrig gebaut, mit ebensolcher Brille, die, mehr kurios als keck, auf der vordersten Nasenspitze saß. Seine blonden Haare waren nach hinten gegeelt. Als einziger trug er keine Bluejeans, sondern eine graue Anzughose mit Hosenträgern. Er trat einen Schritt auf mich zu und ließ geschickt einen kleinen Rucksack vom Rücken über die Hand bis zu den Füßen gleiten. Dann kramte er einen abgegriffenen Erste-Hilfe-Kasten hervor, den er mir triumphal, wie ein heroisch erkämpftes Beutegut, mit ausgestreckten Armen präsentierte.

»Brauchst du was?«

Ich wusste nicht, was er meinte, und hob die Schultern.

»Mann, Mann, Mann. Du kapierst wohl gar nix. Gras, Hasch, Dope für die Hope.«

»Ahh, sehr aufmerksam«, sagte ich. »Aber nein danke, keinen Bedarf.«

»Ich finde schon, dass du was brauchst. Denk noch mal drüber nach.«

Ich sah ein, dass mir mein Desinteresse als Unhöflichkeit ausgelegt werden könnte. »Sicher, wenn ich so darüber nachdenke, könnte ich bestimmt was gebrauchen.«

»Na also, wusste ich's doch ... Wir kommen dann später ins Geschäft und vergiss nicht: Ob Pillen, Pflaster oder Mull – frag nach Frankie Krull.«

»Klar, mach ich.«

Dann war der Junge mit der Mundharmonika dran.

»Das ist Bronson«, sagte Wolf.

Bronson zog die Harmonika aus einem Lederholster, das an seinem Hosengürtel hing und blies ‚Spiel mir das Lied vom Tod'.

Alle lauschten bedächtig und applaudierten, nachdem Bronson fertig war. »Bronson spricht nicht so gerne«, sagte Wolf.

»Verstehe.«

»Du kannst dir gerne eine Melodie wünschen. Bronson macht andern gerne eine Freude.«

»Oh ja«, sagte ich und tat erfreut, glaubte Wolf aber kein Wort. Nach kurzem Überlegen rief ich »School von Supertramp«. Die Mundharmonika im Intro passte zu Bronson, glaubte ich.

»Gute Wahl«, bestätigte Wolf.

Bronson intonierte: ‚Spiel mir das Lied vom Tod'.

Wieder erst bedächtiges Schweigen, dann tosender Applaus. Bronson strahlte.

»Du darfst dir *noch* was wünschen«, sagte Wolf generös.

»Mach ich gerne.«

Vielleicht, dachte ich, war ‚School' Bronsons Sache nicht, obwohl die Mundharmonika Ähnlichkeit mit ‚Spiel mir das Lied vom Tod' aufwies. Spontan fielen mir zwei Alternativen ein. Warum mir die erste in den Sinn kam, kann wohl nur ein Psychologe erklären. Doch ‚Ich wünsch mir ne kleine Miezekatze', von Loriot hätte Bronson als Provokation verstehen können. Dagegen erschien mir ‚Am Tag als Conny Kramer starb' passend. Nicht nur wegen des lokalen Bezugs, weil es von der Essener Sängerin Juliane Werding gesungen wurde, sondern auch, weil es von der Tragik einer Drogenkarriere erzählte, was zumindest Frankie Krull hätte interessieren sollen.

Es war naheliegend, dass keiner der beiden Songs Bronsons Gefallen finden würde. Aber das war mir nicht nur egal, ich verspürte sogar eine gewisse provokative Lust. Sicher war das nichts weiter als eine schlichte Retourkutsche meinerseits. Aber gerade deshalb gefiel mir der Gedanke.

»Ich wünsch mir ne kleine …«

»Mic«, unterbrach mich Wolf mahnend, »du willst doch Bronson nicht beleidigen, oder?«

Wolf hatte mich geistesgegenwärtig vor einem Fehler bewahrt. Das war sehr nett von ihm.

»Nein, nein, natürlich nicht, sorry.«

»Schon gut. Lass dir was Passendes einfallen.«

Bei einem neuen Versuch entschied ich mich gegen Juliane Werding, weil mir gerade noch ein weiterer Song mit einer Mundharmonika im Intro eingefallen war.

»Heart of Gold«, sagte ich kleinlaut.

»Hervorragend«, kommentierte Wolf überschwänglich.

»Bronsons Lieblingssong.«

Bronson spielte: ‚Spiel mir das Lied vom Tod'.

Stille. Abfeiern. Glückseliger Bronson.

Ich war mir nicht sicher, ob hier eine Jugendbande so tat, als sei sie eine Therapiegruppe, oder ob eine Therapiegruppe ...

Wolf grinste. Nachdem sich die Truppe beruhigt hatte, schaute er in die Runde, als würde er etwas suchen oder vermissen. »Kann mir jemand sagen, wo meine Puppe ist?«

Auf die Antwort brauchte er nicht lange warten. Bisher hinter den anderen versteckt, trat ein Mädchen hervor.

LUZI.

Die Jungs kannten Luzi ja bereits, weshalb sie zu mir sahen, anstatt zu ihr. Ich starrte auf Luzi. Wolf und Luzi fixierten sich gegenseitig. Sie hatte den Bumerang in der Hand, den sie augenblicklich Wolf entgegenschleuderte. Der schaffte gerade noch einen ungelenken Sprung zur Seite, konnte einen harten Schlag auf das Handgelenk aber nicht vermeiden. Und noch bevor er »Ahh, bist du bescheuert« schreien konnte, hatte Luzi von allen unbemerkt einen Finger über ihre Lippen gelegt.

Okay, wenigstens das hatte ich kapiert.

»Sorry Schatz«, säuselte Luzi. »Ist mir irgendwie ausgerutscht.«

»Schon gut, Süße.«

›Puppe, Schatz, Süße‹ – das war eindeutig. Kackmist verdammter!

Luzi versteckte sich jetzt nicht mehr hinter den anderen, sondern blieb dort stehen, wo sie war. Ich starrte sie an, als wäre sie soeben einem UFO entstiegen.

Wolf grinste. »Das Miststück ist meine Puppe: Luzi«, erklärte er. »Ich weiß, wie sie aussieht, Mic – aber meine Süße ist kein ‚Pin Up'. Also guck nicht so, wie du guckst. Es wäre auch wirklich zu schade um deine hübsche Visage. Verstanden?«

Ich ließ meinen Blick ab und nickte vehement.

»Gut, dann kommen wir jetzt zum Zweck unserer kleinen Zusammenkunft.«

Bei bestem Willen konnte ich keinen Zweck erkennen, es sei denn, irgendeine Macht hatte auf diese Weise mein Wiedersehen mit Luzi bezweckt. Aber erstens hätte ich auf diese Umstände gerne verzichtet und zweitens verfolgte Wolf ganz andere

Zwecke. Welche, das war zu vermuten. Gewissheit darüber erlangte ich früher, als mir lieb war.

Wolf zeigte auf einen Typen, der mir schon von Anfang an unangenehm aufgefallen war. Seine Haare waren extrem kurz geschoren, als wären sie keine Frisur, sondern das Ergebnis von Radikalmaßnahmen nach einem akuten Läusebefall. Seine Statur war gedrungen und kräftig. Er hatte Segelohren und Sommersprossen, physiognomische Merkmale, die bei anderen gerne erheiternd wirkten. Doch dieser Typ wirkte überhaupt nicht erheiternd – im Gegenteil eher wie die natürlich geborene Spaßbremse. Und das lag weniger an seinen eng stehenden Augen, als vielmehr an dem fiesesten Grinsen, das ich außerhalb des Kinos jemals gesehen hatte. Spaßbremse hatte sich bereits in Position gebracht. Er hüpfte von einem Bein aufs andere, was wohl wie der berühmte Cassius-Clay-Shuffle wirken sollte, und fuchtelte mit den Fäusten vor meinem Gesicht herum.

»Das ist Locke, unser Referendar. Muss sich noch bewähren. Und dafür drängt sich unser nettes Beisammensein doch geradezu auf, meinst du nicht auch, Mic, mein neuer Freund?«

Ich hatte die Situation selbst provoziert, raus kam ich da nicht mehr. Doch warum auch immer, vielleicht, weil eh klar war, was passieren würde, spürte ich keine Angst, stattdessen eine ungewohnte Gelassenheit, beinahe schon Kaltschnäuzigkeit, mit der ich selber nicht gerechnet hatte.

»Absolut, Wolf. Nur ein ehrlicher Faustkampf kann den Abschluss unserer Begegnung würdigen«, hörte ich mich sagen.

Das waren nicht die Worte, die Locke erwartet hatte. Er verharrte, ließ die Arme sinken, ging einen Schritt zurück und sah fragend in die Runde.

»Was ist los, Locke«, rief Wolf.

Locke schien auf einmal unentschlossen, nicht mehr so geladen und aggressiv wie noch kurz zuvor.

»Willst du jetzt in die Gang oder nicht.« Wolf klang streng.

Locke wollte. Er hob die Arme und tänzelte den Shuffle.

»Na also ...«, sagte Wolf und stellte sich neben uns.

»Seid ihr bereit?«

Wir nickten.

Wolf hatte es eilig. »Okay Jungs, ich zähl von fünf runter. Fünf, vier, drei, zwei, eins ...«

Ich war noch nicht ganz bei der Sache und wartete blöderweise auf ‚null', was mir einen Magenhaken einbrachte. Ich hielt mir die Arme vor den Bauch und krümmte mich. Prompt traf mich ein Kinnhaken, der mich wieder aufrichtete.

Unser ‚Diskurs' hatte noch gar nicht richtig angefangen, wie ich fand, war aber schon aus dem Ruder gelaufen. Das war sicher nach Lockes Geschmack – aber nicht nach meinem. Etwas musste geschehen.

Die Lösung sah ich in einem alten Boxertrick. Mit einem Satz sprang ich Locke in die Arme und umklammerte ihn, so fest ich konnte. Locke war nicht nur merklich verdutzt, sondern auch handlungsunfähig – ich aber auch. Das war als Dauerzustand – Locke roch auch noch streng – eher unangenehm und zielorientiert schon gar nicht. Locke versuchte, sich zu befreien, was ihm nicht gelang. Ich hatte keine Ahnung, wie das mit uns weitergehen sollte, und tat das Einzige, wozu ich noch in der Lage war. Ich verlagerte mein Gewicht und ließ mich fallen – Locke dabei weiterhin innig umarmend. Die Situation hatte sich von der Vertikalen in die Horizontale gewandelt und ich überlegte, welche Vorteile sich daraus ergaben. Ergebnis: keine. Wir lagen also da wie zappelnde Fische auf dem Trockenen.

Wolf gefiel das überhaupt nicht. »Was ist los, Locke? Willst du unseren Ruf beleidigen? Tu was.«

Etwas zu tun war für Locke gerade nicht möglich. Ich hatte ihn fest in meiner Hand. Aber wie lange noch? Die Situation war, alles in allem, unbefriedigend.

Wir lagen auf der Seite. Um einen Vorteil zu erhalten, musste ich Locke auf den Rücken drehen und über ihn kommen. Locke wehrte sich heftig, aber es gelang mir. Ich fixierte seine Oberschenkel mit den Knien und drückte ihm die Handgelenke über dem Kopf auf den Boden. Locke strampelte zwar noch mit den Beinen, der Rest seines Körpers aber war bewegungsunfähig. Er war keine Gefahr mehr, mochte er strampeln, wie er wollte. Ich hatte gewonnen und wartete auf ein entsprechendes Zeichen von Wolf, aber es kam nicht. Ich hatte Sorge, die Fixierung zu lockern, denn solange der Kampf nicht für beendet erklärt wurde, musste ich mit neuen Angriffen rechnen.

Ich blickte zu Wolf. Der verzog keine Miene. Auf die Jungs brauchte ich nicht hoffen. Wenn das so weiterging, fürchtete ich, würden wir die Position halten, bis mir, in Minuten oder Stunden die Kräfte schwänden. Und am Ende stünde Locke als strahlender Sieger da.

»Wolf«, hörte ich Luzi rufen. Sie klang energisch und bestimmt. Wolfs Antwort, hörte ich auch noch. »Ja, sofort.«

*S*T*E*R*N*E*

Locke hatte mir eine Kopfnuss verpasst. Einen Augenblick später war er über mir und fixierte mich, wie zuvor ich ihn. Ich kämpfte, aber Locke hielt mich souverän in Schach.

Wolf zählte sofort runter. »Eins und Ende.«

Locke stand seelenruhig auf, grinste verächtlich und spuckte direkt neben meinem Kopf auf den Boden. Ich glaube, er hätte mir gerne ins Gesicht gespuckt, aber vielleicht traute er sich nicht vor Wolf, vor Luzi.

Ich bekrabbelte mich rasch und überprüfte meinen Zustand. Meine Nase blutete. Das war mir egal. Darüber hinaus hatte ich keine nennenswerten Blessuren davongetragen.

Die Gang scharte sich um Locke. Händeschütteln, Schulterklopfen, Gegröle. Luzi nutze den Moment. Von den anderen unbemerkt stand sie plötzlich neben mir und flüsterte: »Morgen um zehn am Kiosk.« Dann drückte sie mir ein Papiertaschentuch in die Hand und verschwand zwischen den anderen. Meine Reaktion hatte sie nicht abgewartet.

Ich beobachtete Luzi. Sie wirkte eher still und unbeteiligt. Aber die Jungs wurden immer lauter und schaukelten sich in ungeahnte Heldenhöhen. Sie waren die »größten«, die »besten«, die »tollsten« Typen überhaupt. Doch die Feierlichkeiten waren schneller beendet, als ich erwartet hatte. Inmitten der besten Stimmung holte Wolf sie wieder runter von ihrem Olymp. »Ruhe« schrie er offensichtlich genervt. Augenblicklich war es still und seine Jünger schwirrten um ihn herum wie Elektronen um den harten Kern. Er winkte mich zu sich.

»Gut gekämpft, Mic. Hätte ich dir nicht zugetraut. Du hast zwar verloren, aber unseren Respekt gewonnen. Hab' ich recht, Jungs?«

Nur widerwillig stimmten sie ihrem Boss zu.

»Sorry Mic, die müssen noch eine Menge lernen«, sagte Wolf und bedachte seine Mannschaft mit einem resignierenden Gesichtsausdruck.

»Also noch einmal: Hab' ich recht, Jungs?«

Jetzt hatten sie es kapiert und feierten mich – nicht gerade überschwänglich, aber immerhin.

»Okay, Mic. Du weißt jetzt, wer hier das Sagen hat. *Du* kannst hier weiterhin dein Dingsda in den Dreckshimmel schleudern. Deine feigen Freunde sollten sich besser nicht mehr blicken lassen.«

Ich überlegte, ob ich mich bedanken sollte für Wolfs großzügige Geste. Doch die war nichts weiter als eine freundlich verpackte Machtdemonstration und mit falscher Anbiederung hätte ich mich nur klein und Wolf noch größer gemacht. Ich nickte.

»Wir müssen weiter, Mic, – die Geschäfte, du verstehst … Was ich dir aber noch sagen wollte: Wenn du mal Hilfe brauchst – du weißt ja, wo du uns findest.«

Mit diesem Angebot hatte ich nicht gerechnet. Ich gebe zu, dass es mich ein wenig stolz machte. »Danke«, sagte ich. Ich konnte es selbst kaum glauben, aber genau das sagte ich und meinte es auch so.

Wolf nickte Frankie Krull zu, der in geheimnisvoller Art ein Plastiktütchen hervorkramte und mir übergab. »Hier, eine kleine Aufmerksamkeit. Beim nächsten Mal gegen Cash.«

Ich nahm das Geschenk an und nickte. Als ich es später öffnete und lustige Scherzkekse oder anderes Drogenzeugs erwartete, entpuppte sich stattdessen Frankie Krull als Scherzkeks. Hatte er mich doch zum stolzen Besitzer von zwei Dutzend Salmiakpastillen gemacht.

Wolf schwang sich auf sein Mofa. Die Gang schnappte sich die Fahrräder. Ich suchte verzweifelt Blickkontakt zu Luzi, die aber keine Augen für mich hatte. Sekunden später verschwanden die Helden der Halden in ihrer eigenen Staubwolke. Eine Weile noch schaute ich ihnen hinterher, dann wendete ich mich ab, ergriff den Bumerang und trottete Richtung ‚Strawberry Fields'.

Alter Mann

Am Eingang zu den ‚Fields' kam mir Abdullah Ibrahim entgegen, der von allen Dollar Brand gerufen wurde, weil er zufällig denselben Namen besaß, wie der berühmte, zum Islam konvertierte Jazzmusiker. Unser Gartennachbar war kein Musiker, sondern Kinderarzt. Er und seine Familie waren die ersten Mitglieder im Kleingartenverein mit Migrationshintergrund. Er trug einen leeren Kasten Mineralwasser und machte ein betrübtes Gesicht, als er mich sah.

»Geprügelt?«

»Mhmh.«

Doktor Ibrahim legte die Stirn in Falten und begutachtete meinen Zustand. Dann lächelte er wissend. »Und, hat es sich gelohnt?«

»Weiß nicht.«

»Ein Mädchen …?«

Gute Frage. Einerseits hatte die Prügelei nichts mit Luzi zu tun, andererseits eine ganze Menge. Denn *ohne* meinen Kummer wäre ich beim Anblick der Gang wohl genauso Leine gezogen wie meine Freunde. Aber *mit* meinem Kummer war mir alles egal. Vielleicht suchte ich die körperliche Auseinandersetzung sogar. Ich nickte.

»Dann hoffe ich umso mehr, dass es sich gelohnt hat.«

Ich schwieg.

Doktor Ibrahim stellte den Kasten ab. »Okay Junge, dann lass mich mal ran.«

Ich empfand die Situation als unangenehm. Doch meinte es der Doktor gut und womöglich erkannte er die Notwendigkeit einer ärztlichen Diagnose. Ich hielt ihm meinen Zinken hin. Er setzte einen interessierten Blick auf und forschte von der Seite, von vorne, von oben, von unten, blinzelte hinein und drückte auch noch darauf herum.

»Tut das weh?«

Mir schossen Tränen in die Augen. »Nö.«

Doktor Ibrahim lächelte verständnisvoll. »Mach dir keine Sorgen, alles Wichtige ist heil geblieben. Übermorgen ist das Schnee von gestern. Aber sieh zu, dass du die nächste Zeit nichts mehr abbekommst.« Dann klopfte er mir auf die Schulter, nahm den Kasten und machte sich auf den Weg. »Grüße die Eltern von mir.«

»Mach‘ ich, und danke.«

Dollar Brand schüttelte beschwichtigend den Kopf und verschwand auf der Straße.

Ich ließ ich mich auf die Couch fallen, wollte das Geschehene verstehen, meine Gedanken ordnen. Aber kein Gedanke gelang, im Gegenteil. Chaos im Kopf. Meine Befindlichkeit schwankte zwischen manisch und depressiv, ohne Zwischentöne. Manisch, weil ich gekämpft hatte und weil mein Mut gewürdigt wurde. Aber auch und vor allem, weil mich mein Mut zu Luzi geführt hatte. Depressiv, weil mich mein Mut nicht nur zu Luzi, sondern auch zu Wolf, IHREM FREUND geführt und mir somit die größte Entzauberung meines bisherigen Lebens beschert hatte.

Wolf. Dieser Name würde fortan meine Gedanken, mein Leben beschweren. Jedenfalls befürchtete ich das.

Luzi. Wie konnte es sein, dass sie mit so einem Arschloch zusammen war, fragte ich mich. Und was hatte es zu bedeuten, dass sie mich sehen wollte? Das passte überhaupt nicht zusammen, war kaum nachzuvollziehen. Nachzuvollziehen aber war, dass sie unsere Verabredung vor Wolf verheimlichen wollte.

Ich beschloss, mir keine Hoffnungen mehr zu machen. Gegen Wolf hatte ich keine Chance. Er war ein Blödmann, klar, aber auch ein Typ und ich nur ein ahnungsloser Junge, der sich seinen Tagträumen hingab. Was hatte ich schon zu bieten? Trotzdem freute ich mich wie verrückt auf unser Treffen am nächsten Tag.

Entgegen meiner Befürchtung schlief ich tief und fest. Gegen acht Uhr morgens wurde ich durch ein seltsames Grollen geweckt. Es drang durch den Boden nach oben und ich wusste sofort, dass etwas geschieht – also gerade, in diesem Moment. Ich ließ mich von der Couch auf den Fußboden fallen und legte mein Ohr auf die Dielen. Es grollte noch immer, aber etwas schwächer. Der Intensität der Geräusche und Erschütterungen nach zu urteilen, war es ein schwaches Beben in der Nähe. Wahrscheinlich war über einem ‚Alter Mann', einem nicht mehr bewetterten Stollen, das Deckgebirge eingebrochen. Vielleicht einer dieser über die Jahrhunderte existierenden Stollen aus der vorindustriellen Zeit des wilden Kohleabbaus, als noch jeder unkontrolliert seine eigenen Röhren in die Erde graben konnte. Es passierte immer wieder, dass die unterdimensionierten und inzwischen altersschwachen Balken, Stempel und Streben dem Druck des Berges nicht mehr standhielten.

Und dann war es auch schon vorbei. Nichts Dramatisches also. Außer mir würde es niemand anderes bemerkt haben, vermutete ich. Manchmal waren solche Ereignisse aber Vorboten für größere Unglücke, weshalb ich aufmerksam blieb. Ich machte mir einen Kakao, setzte mich draußen auf die Bank und konzentrierte mich auf meine sensorischen Sinne. Über allem schwebte Luzi, die wiederzusehen ich kaum erwarten konnte.

Es war keine weitere Minute vergangen, als ich eine Art Klopfen registrierte. Es ging doch noch weiter. Wieder schmiss ich mich hin und presste mein Ohr auf die Erde. Tatsächlich, da waren eindeutig Klopfgeräusche. Genauso eindeutig gingen sie nicht vom Berg selber aus. Je länger ich sie wahrnahm, desto sicherer war ich mir, dass es von einem Menschen gemachte Geräusche waren. Die Kombination aus zusammengestürztem Stollen und Klopfzeichen bedeutete: Notsituation – da benötigte jemand Hilfe.

Ich konzentrierte mich, versuchte, mehr herauszufinden. Aber immer kurz bevor ich in der Lage war Richtung und Entfernung zu bestimmen, hörte das Klopfen plötzlich auf. Danach dauerte es zehn, zwanzig Sekunden, bis es wieder einsetzte. So benötigte ich lange fünf Minuten, bis mir die ungefähre Lage des Ursprungsortes vor meinem geistigen Auge erschien. Es musste sich um ein Brachgelände in der Nähe der Galopprennbahn in Gelsenkirchen handeln, einen geschätzten Kilometer von meinem Standort entfernt. Ich schnappte mir Spaten und Taschenlampe und spurtete los.

Wenige Minuten später stand ich vor dem ebenso riesigen wie rostigen Eingangstor, das den Zugang zu dem von Birkenhainen, Sträuchern und Grasbüscheln bewachsenen Schottergelände verhinderte. Ich rüttelte so heftig, wie ich konnte, aber es tat sich nichts. Das Tor wurde von Monstern gesichert – einem wuchtigen Schloss und einer gewaltigen Eisenkette. Durchkommen unmöglich. Ein verrostetes Blechschild erklärte unmissverständlich, das genau darin der Zweck der Absicherung bestand.

Achtung Lebensgefahr
Betreten verboten
Eltern haften für ihre Kinder
Der Eigentümer

Ich suchte nach einem Loch im Maschendrahtzaun, das schneller gefunden war, als die Fort-Knox-Sicherung des Tores vermuten ließ. Der Eigentümer war über die Jahrzehnte nachlässig geworden. Nachdem ich hindurchgeschlüpft war, lief ich noch fünfzig Meter, bis sich eine mittelmäßig große Abraumhalde vor mir auftat, auf der sich der Bewuchs vom Gelände fortführte. An einer Stelle gab es eine kleine Rinne, die aussah wie ein kleiner, versiegter Bachlauf. Dort hatte der Boden eine dunklere Färbung angenommen und die Oberfläche war nicht mit Moosen und Flechten überzogen wie der Rest der Halde. Sie musste gerade erst entstanden sein. Der nachgesackte Abraum zeichnete mit der frisch entstandenen Rinne den Verlauf des unterhalb der Halde eingestürzten Stollens nach – vielleicht nicht exakt, aber genau genug, um dessen Lage einzugrenzen. Irgendwo dort, wo die Rinne auf den Haldenfuß traf, musste der Stolleneingang zu finden sein – also genau vor mir. Die Stelle war von Kleingehölzen und Gestrüpp verdeckt. Ich nahm den Spaten, schlug mir eine Schneise, konnte den Eingang aber nicht finden.

Der Verlauf der Rinne bildete die Lage des eingestürzten Stollens also nicht so exakt nach, wie ich es erhofft hatte. Wo war der verdammte Eingang? Ich warf mich zu Boden und horchte. Nichts. Ich war zu spät, fürchtete ich und presste mein Ohr so fest auf den Schotter, dass es schmerzte. Nichts. Um besseren Kontakt zu erhalten, kratzte ich die Steine zur Seite. Wieder drückte ich mein Ohr auf den Boden und wartete eine gefühlte Ewigkeit. In Wahrheit vergingen nur Sekunden, bis ich Klopfgeräusche in unmittelbarer Nähe hörte. Erleichterung. Ich zog eine gedachte Linie von mir bis zu seinem Ursprung, der nur wenige Meter von dem zuerst vermuteten Eingang entfernt lag. Der Verschüttete befand sich offenbar nicht weit vom Eingang entfernt. Ich sprang hin, stand tatsächlich genau vor dem verschütteten Stolleneingang und legte los. Erst räumte ich die großen Brocken weg, dann die kleinen, dann den Schotter. Ich grub abwechselnd mit Händen und Spaten, so wie es sich gerade ergab. Nach zehn Minuten hatte ich einen kleinen Verbindungsspalt freigelegt.

»Hallo, ist da jemand?«

»Ja, ich bin hier.«

Es war die Stimme eines kleinen Jungen.

»Ich bin Michi. Wie heißt du?«

»Timmi.«

»Geht es dir gut, Timmi?«

»Ja, mir geht es gut. Aber mein Bein ...«

»Was ist mit deinem Bein?«

»Es tut weh.«

»Kannst du es bewegen?«

»Ja, aber ich kann nicht stehen.«

»Okay, Timmi. Ich werde dir helfen.«

»Ist gut.«

Ich grub weiter und zwei Minuten später war die Öffnung so groß, dass ich hineinkrabbeln konnte.

»Ich bin hier.«

Auch ohne die Taschenlampe hatte ich Timmi schnell erblickt. Keine fünf Meter entfernt saß er seltsam gekrümmt im diffusen Schein des durch das Loch hereinfallenden Tageslichts. Er hielt eine verrostete Eisenstange in der Hand. Der Stollen war nicht besonders hoch, weshalb ich ihm auf den Knien entgegen kroch. Als ich bei ihm angekommen war, ließ er die Stange fallen. Das einfallende Licht blendete ihn, weshalb er sich eine Hand vor die Augen hielt. Mit der anderen tastete er nach meinem Gesicht.

»Aua,« schrie ich.

Timmi zog erschrocken seine Hand zurück. »Was ist?«

»Schon gut, hat nichts mit dir zu tun. Was ist mit deinem Bein?«

Timmi zeigte auf sein rechtes Wadenbein. Es hatte in der Mitte einen leichten Knick. Das war eindeutig. Blöde Sache.

»Darf ich mal?«

Timmi nickte, wirkte aber nicht besonders glücklich, über die Vorstellung, dass ich das Bein berühren würde.

»Ich bin ganz vorsichtig.«

»Is..., is gu..., ist gut«, antwortete Timmi vertrauensvoll. Mutiger Junge.

Ich tastete mich vorsichtig zu der betroffenen Stelle hin. Kurz bevor ich angekommen war, zischte Timmi durch die Zähne. Da ich eh nicht hätte helfen können, zog ich meine Hand wieder zurück.

»Alles halb so schlimm, Timmi. Aber du kannst das Bein nicht belasten und das solltest du auch nicht. Deshalb muss ich etwas finden, womit wir dich herausziehen können. Ich komme gleich wieder, einverstanden?«

»Wenn du dich beeilst.«

»Versprochen.«

Ich krabbelte nach draußen und spähte nach irgendeiner brauchbaren Unterlage. Aber überall gab es nur Pflanzen, Schotter und Geröll. Keine Bretter, Bleche, Planen oder anderes Zeugs, das ich hätte gebrauchen können. Wahrscheinlich sollte die Natur wieder eine Chance erhalten, weshalb man allen Unrat weggeräumt hatte. Gute Idee, dachte ich, trotzdem schade. Dann sah ich aus dem Augenwinkel ein altes Schalbrett, das ein stattliches Loch im Zaun verschloss. Zaun und Brett waren durch Rödeldraht miteinander verbunden. Es dauerte eine Weile, bis ich den starr gewordenen Draht aufgerödelt hatte.

Am Stollen meldete ich mich an. »Bin wieder da.«

Keine Antwort.

»Timmi?«

»Ja, ja, warte mal«, rief er wie gehetzt.

Hä, dachte ich, warten? Worauf? Was hat der Junge schon zu erledigen?

»Und?«

»Kannst jetzt reinkommen.«

Das Schalbrett hinter mir herziehend, kroch ich wieder zu Timmi. Der balancierte etwas unbeholfen auf seinen Knien und war dabei, seinen Hosenschlitz zu schließen.

Ich platzierte das Brett direkt neben seinem Körper und bot ihm meine Hilfe an, die er aber dankend ablehnte. Er drückte sich mit den Händen am Boden ab, hob den Hintern an und arbeitete sich so langsam vor, bis er mittig auf dem Brett hockte wie ein Dschinn auf einem fliegenden Teppich. So konnte ich ihn bequem zum Ausgang und nach draußen ziehen, ohne ihm unnötige Schmerzen und seiner Verletzung weiteren Schaden zuzufügen. Keine zehn Minuten nachdem ich den Zugang entdeckt hatte, war Timmi außer Gefahr.

Im dumpfen Licht des Stollens waren Timmis Gesichtszüge etwas vage geblieben. Hier draußen im Sonnenlicht sah ich ihn zum ersten Mal richtig. Ich hatte einen kleinen Rotzlöffel erwartet, einen kleinen Draufgänger, so wie es zu einem Jungen gepasst hätte, der sich alleine in einen alten Stollen wagt. Doch Timmi war das Gegenteil davon, sah eher aus wie die Jungs aus Bullerbü. Hellblonde fingerlange Haare, blaue Augen, zartes Gesicht. Er trug ein hellblaues T-Shirt, dunkelblaue Shorts und grüne Kniestrümpfe, die den Anblick auf sein verletztes Bein etwas abmilderten. Aber es fehlte etwas.

»Wo sind denn deine Schuhe?«

Timmi guckte zurück zum Stollen. »Weiß nicht.«

»Ach ja, macht aber nichts.«

»Nein?«

»Nein, und weißt du warum?«

»Warum denn?«

»Weil man dich gleich auf Händen tragen wird.«

Timmi grinste.

Der Junge musste so schnell wie möglich ärztlich versorgt werden, das war klar. Aber bevor ich mich darum kümmerte, wollte ich ihm noch eine Frage stellen. Dabei ging es mir nicht um die Antwort, die ahnte ich bereits. Ich wollte ihn sensibilisieren für die Tücken, die solche Orte bereithielten.

»Sag mal, Timmi, was hast du hier eigentlich gemacht, an einem solch gefährlichen Ort und dann auch noch alleine? Das Schild hängt ja nicht ohne Grund am Eingangstor.«

»Aber ich kann doch noch gar nicht richtig lesen.«

Timmi war jünger, als ich annahm. »Aber zur Schule gehst du schon, oder?«

»Nach den Ferien komme ich in die zweite Klasse«, sagte er stolz.

Ich nahm von einer Belehrung Abstand. Zum einen sollten das besser die Eltern übernehmen, dachte ich, zum anderen hatte Timmi ein gebrochenes Bein, das zu versorgen jetzt wichtiger war als eine lächerliche Standpauke.

»Wir brauchen Hilfe, Timmi. Deshalb lasse ich dich jetzt noch einmal kurz alleine, ist das okay?«

Timmi presste die Lippen zusammen und nickte. Auch wenn es ihm missfiel – er hatte verstanden, dass es sein musste.

Jetzt krabbelte ich durch das Loch, das die Schaltafel freigegeben hatte, zurück auf die Straße und schaute mich nach Hilfe um. Kein Mensch, nirgends. Die nächsten Häuser standen in der Schalker Straße. Ich rannte so schnell ich konnte. Am ersten Haus, das ich erreichte, schellte ich Sturm. Eine Frau mittleren Alters öffnete. Es roch nach fremder Küche. Kardamom,

Kreuzkümmel. Lecker, dachte ich, erklärte schnell die Situation, aber die Frau verstand mich nicht. Okay. Mit Handzeichen verwies ich auf eine zweite Person, formte einen riesigen Schwangerschaftsbauch und deutete in die Ferne. Dann hielt ich mir die rechte Hand neben den Kopf, spreizte Daumen und kleinen Finger zu einem imaginären Telefonhörer und rief: »Baby, Doktor, pronto.«

Die Frau nickte hastig, riss an meinen Armen und wuchtete mich ins Haus. Ich stolperte hinterher. Dann war ich plötzlich vor ihr, erhielt einen Stupser in den Rücken und ging direkt vor einem grünen Telefon in die Knie. Ich wählte 112, erklärte die wahre Lage, legte den Hörer wieder zurück auf die Gabel und drehte mich um. Die Frau hatte die Hände zum Gebet in den Himmel gereckt. Ich stand auf, wollte mich bedanken. Aber sie kam mir zuvor, umarmte mich und gab mir, nur unterbrochen von den wieder und wieder in den Himmel gereckten Händen, endlos viele Küsse auf die Wangen. Dann nahm sie meine Arme, wuchtete mich wieder zur Tür und scheuchte mich zurück zu meiner schwangeren Freundin.

Den Rückweg rannte ich nicht mehr. Timmi saß unverändert auf dem Brett und stocherte mit einem trockenen Ast im Schotter herum.

»Gleich kommt Hilfe, Timmi.«

»Kommen auch meine Eltern?«

Mist, daran hatte ich überhaupt nicht gedacht. Aber darum würden sich gleich Polizei, Feuerwehr oder Ärzte kümmern, dachte ich.

»Natürlich, die kommen auch, aber etwas später vielleicht.«

Timmi nickte, stocherte weiter, jetzt geradezu grüblerisch, wie mir schien. Die Aussicht auf seine Eltern verursachten ihm offensichtlich Sorgen, die er, vernünftigerweise, aber nicht mit sich selbst ausmachen wollte. »Meinst du, sie sind böse auf mich?«

»Ach was, Timmi. Die freuen sich wie die Schneekönige, dich zu sehen.«

»Wirklich?«

»Klaro.«

Von weitem hörten wir Sirenen. Sie kamen schnell näher. Wenige Augenblicke später knackte ein Feuerwehrmann die Kette mit einem Monster von Bolzenschneider (wie auch sonst sollte man Monstern beikommen, als mit Monstern) und nacheinander fuhren ein großes Löschfahrzeug, ein Notarztwagen und eine Polizeistreife auf das Gelände. Sekunden später war Timmi in besten Händen. Ein Polizist nahm meine Personalien auf und ließ sich die Vorgänge von mir schildern. Zwar lobte er mich für meinen Einsatz, aber ich spürte, dass ihm bestimmte Aspekte meiner Geschichte Probleme bereiteten. Er sagte aber nichts und behielt seine Bedenken für sich.

Dann fuhr ein roter Käfer vor. Zwei Männer stiegen aus. Der Fahrer, ein dürrer, blasser mit Zigarette im Mundwinkel, hielt einen Schreibblock in der Hand. Dem anderen, einem gemütlich wirkenden Vollbartträger, hing ein Fotoapparat über den üppigen Bauch. Die Männer unterhielten sich mit dem zweiten Polizisten, der kurz zu mir rüber sah. Dann kamen sie auf mich zu.

»Hallo, ich bin Manfred«, sagte der mit dem Schreibblock. »Und das ist Walter. Wir sind von der WAZ und möchten dem jungen Helden ein paar Fragen stellen.«

Walter hielt sich die Kamera vor die Augen und fixierte mich. Ich sah ihn an, also nicht ihn, die Kamera, und las das Logo: LEICA.

»Mist«, rief ich. »Wie spät ist es?«

Manfred schaute auf die Uhr. »Viertel nach zehn.«

»Scheiße«, schrie ich jetzt und sprang zu Timmi.

»Tschüss, Timmi, ich muss los. Mach's gut.«

Timmi guckte irritiert.

Manfred guckte irritiert.

Walter guckte irritiert.

Ich schnappte mir den Spaten und rannte los, so schnell ich konnte.

Keine Luzi. Ich fragte die Kunden, die vorm Schalter standen, ob sie ein Mädchen gesehen hätten.

»Viele«, meinte ein Scherzbold.

»Ich meine das schönste Mädchen der Welt.«

»Das ausgerechnet du kennen willst«, spottete einer missgünstig.

Die anderen schüttelten den Kopf.

»Gerade erst, vor ein paar Minuten vielleicht?«

»Wir sind ja auch noch nicht so lange hier«, erklärte der Missgünstige und musterte mich von oben bis unten. »Aber die hätte dich sowieso nicht erkannt«, befand er höhnisch und ergötzte sich an seiner dreckigen Lache.

Ich schaute an mir herunter. Tatsächlich sah ich aus wie ein Hauer nach einer heftigen Acht-Stunden-Schicht – vielleicht nicht *ganz* so Kohlenstaub verschmiert, aber auch nicht weit davon entfernt.

Der Kioskbesitzer mischte sich ein. »Ja, da war ein Mädchen. Die tauchte vor einer halben Stunde auf, lungerte hier rum, kaufte Eis und war dann wieder weg.«

»Und wann war das?«

»Keine Ahnung, vor zwei, drei Minuten?«

Ohne den Spaten, auf dem ich mich abstützte, wäre ich augenblicklich zu einem Häufchen Elend in mich zusammengesackt.

Später hätte, mit etwas Glück, ein Straßenreiniger vielleicht Mitleid gehabt, mein Elend zusammengekehrt und für immer entsorgt.

Ich schleppte mich zur Laube. Unterwegs begegnete mir Dollar Brand, der sich besorgt nach meinem Befinden erkundigte, mich aber in Ruhe ließ, nachdem ich hängenden Kopfes und wortlos an ihm vorbeigetrottet war.

Es folgte der längste, trostloseste und bedeutungsloseste Tag meines bisherigen Lebens, keinen einzigen Gedanken der Erinnerung wert. Daran konnten auch die Geschehnisse um Timmi nichts ändern.

Zaudern und Zaubern

Am nächsten Tag erreichte meine Stimmung Mount-Everest-Niveau – nicht so hoch, aber so eisig. Und da auch der Kühlschrank nichts mehr zu bieten hatte, ich aber nach 24 Stunden ohne Nahrungsaufnahme Kohldampf schob wie ein Sumoringer nach einer amtlichen Diarrhö, verließ ich meine Eremitenlaube für einen Schokoriegel Richtung Kiosk. Ziemlich schlecht gelaunt schleppte ich mich vorwärts, nicht mehr ganz so niedergeschlagen wie am Tag zuvor, doch Sonne, Blätterrascheln und Gezwitscher, Dinge, die normalerweise meine Laune beförderten, erschienen mir wie blanker Hohn.

Ich kaufte mir ein Mars und setzte mich auf eine der Bänke. Sicher, gesünder wären Obst und Gemüse gewesen, zumindest was den Körper betrifft. Aber für die Seele gab es nichts Gesünderes als Schokolade, übertroffen eigentlich nur noch von Schokoladeneis. Eine Option, die ich mir offen hielt.

Ich dachte an Timmi, fragte mich, ob es ihm gut ginge, und nahm mir vor, mich nach seiner Adresse zu erkundigen. Meine Gedanken an die Geschehnisse um Timmi, das Mars, die Sonne – meine Laune hellte sich etwas auf, wenn auch kaum messbar.

Und wenige Momente später sollte meine Stimmung *wieder* Mount-Everest-Niveau erreichen – dieses Mal nicht so eisig … Denn plötzlich umschlossen zarte Mädchenhände meine Augen.

Ich brauchte nicht zu raten, wem sie gehörten. Und schon kniete sie vor mir und küsste mich auf die Wange.

»Luzi!«

Sie lachte. »Überrascht?«

»Mhh ..., öm ..., nö.«

Sie legte den Kopf zur Seite und guckte kritisch. »Was war denn los gestern, hab' auf dich gewartet.«

»Hatte zu tun, hab's nicht geschafft«, antwortete ich und dachte damit abgeklärt zu wirken.

»Natürlich, viel zu tun der Herr, verstehe schon.«

Ihren Sarkasmus hätte sie sich sparen können. Dabei hatte ich ihn selbst provoziert. Hier den Geheimnisvollen zu geben – blöder ging's nicht. Und noch bevor ich mich entschuldigen und ihr meine Geschichte erzählen konnte, setzte sie sich auf meinen Schoß, biss in mein Mars und lächelte.

»Ich bin sehr glücklich darüber «, sagte sie.

»Worüber?«

»Über das, was ich heute Morgen in der Zeitung von dir gelesen habe.« Sie hob die Augenbrauen und wartete sichtlich gespannt auf meine Reaktion.

»Ich stehe in der Zeitung?«

»Tust du wieder nur so, oder ...? «

»Nee. Echt. Hatte keine Ahnung. Da waren Typen von der WAZ, ja, aber ich hab denen nichts erzählt. Dazu kam ich gar nicht«, erklärte ich aufgeregt.

»Schon gut Michi, ich glaub' dir ja.«

»Du weißt also, was gestern geschehen ist.«

»Sonst wäre ich nicht hier.«

Ich strahlte. »Woher weißt du, dass die Zeitung mich gemeint hat?«

»Da ist ein Foto von einem Dreckspatz dabei, der eindeutig du bist.«

»Ja, die Duschen waren besetzt«, scherzte ich.

Sie lachte und küsste mich auf die Stirn »Ich warte schon seit Stunden auf dich. Übrigens wie im Kalei – was war denn da mit dir?«

»Du bist lustig. Deine Zeichen, die waren kaum zu entziffern und bis ich sie endlich kapiert hatte, war es zu spät.«

Luzi grinste. »Dass du sie überhaupt kapiert hast ...«

So wie sie ihre Worte betonte, hätte man glauben können, dass sie mir mit ihren Hieroglyphen eine Aufgabe stellen wollte. Doch das war jetzt egal. Zumal sich auch mir einige Fragen stellten: »Und wenn ich sie nicht kapiert hätte – wir hätten uns vielleicht nie wiedergesehen.«

»Aber wir haben uns ja gar nicht wiedergesehen weil du sie kapiert hast.«

Das stimmte, daran hatte ich nicht gedacht. »Okay, aber wenn wir uns nicht zufällig wieder über den Weg gelaufen wären ...?«

»Dann hätte ich dich eben gefunden«, sagte sie im Ton vollkommener Überzeugung.

Das waren wundervolle Worte, doch wusste ich aus eigener Erfahrung um die Schwierigkeit eines solchen Unterfangens. »Und wie wolltest du das anstellen?«

»Du hast die Kirchturmuhr erwähnt, dass du immer hochschaust, wenn die Glocke schlägt.«

Klar, damit wusste Luzi, dass ich aus der Gegend bin. Und auch wenn das nach einer lösbaren Aufgabe klang – so kompliziert hätte es doch gar nicht erst zu werden brauchen, dachte ich und zwickte sie in die Seite.

Luzi quiekte vergnügt auf. »Na, na, na«, ermahnte sie mich gespielt empört.

»Und am Kiosk, warum bist du da so überstürzt abgehauen?«

»Keine Ahnung«, antwortete Luzi und schien darüber nachzudenken. »Vielleicht weil ..., weil ich dich sofort mochte und plötzlich an Wolf denken musste.«

Das klang plausibel.

Wieder war sie unwiderstehlich. Sie trug ein weißes bauchfreies T-Shirt, ihre zerschlissenen Jeans und die hellgrauen Chucks. An ihrer Schulter baumelte der Stoffbeutel. Noch immer saß sie auf meinen Beinen und ich genoss es, genoss ihr Gewicht zu spüren, genoss wie sie roch.

»Möchtest du auch ein Eis?«

Klar mochte ich und nickte vehement.

»Okay, bin gleich wieder da.«

»Warte.« Ich schob den Rest Mars in den Mund und sprang ihr zur Seite. Keine einzige Sekunde mehr hätte ich auf ihre Nähe verzichtet.

Vor uns warteten bereits zwei Kunden. Wir stellten uns an. Ich hatte die letzte Minute so viel Zutrauen in mich gewonnen, dass ich meinen Arm um ihre Hüfte legen wollte. Doch dann schreckte mich inmitten meines Vorhabens, eine wohlbekannte Stimme zurück.

»Na ihr Turteltäubchen.«

Das konnte doch wohl nicht wahr sein. Luzi und ich sahen uns an und blickten in das überraschte Gesicht des anderen. Auf ein unsichtbares Kommando hin drehten wir uns um. Hinter uns stand Wolf, breitbeinig, die Arme vor der Brust verschränkt, mit einem Gesichtsausdruck, der alles andere als freudige Überraschung ausdrückte.

»Ihr zwei, das ist ja ein dolles Ding«, spuckte er in einem Unterton heraus, der uns, als auf frischer Tat ertapptes Pärchen, ein schlechtes Gewissen bereiten sollte, und was meinen Teil angeht, auch bereitete, obwohl eigentlich kein Grund dafür bestand. Eigentlich. Denn obwohl überhaupt nichts passiert war, hatte sich mein Gewissen nicht grundlos gemeldet. Jedenfalls hatte mich Wolf verunsichert, selbst wenn das nicht in seiner Absicht gelegen haben mochte. Natürlich lag es in seiner Absicht.

Luzi lachte lauthals los, einen Hauch überzogen vielleicht, aber doch mit einer herzhaften Frische, so dass es echt erschien. Sie stellte sich auf die Zehenspitzen und gab Wolf einen Kuss. »Hey Schatz, willst du auch ein Eis?«

Äußerlich wirkte sie erstaunlich cool. Ob sie es auch war, blieb ihr Geheimnis. Bewundernswert.

Wolfs Gesichtszüge versteinerten. »Ich hatte ja keine Ahnung.«.

Luzi gab die Naive. »Was meint du?«

»Weißt du genau.«

»Eben nicht. Würd' ich sonst fragen?«

Im Grunde hatte sie sogar Recht. Wofür sollte sie sich rechtfertigen? Aber dass Wolf das anders sah, war ihm kaum zu verdenken.

Meine freudige Erregung über das Wiedersehen mit Luzi wich unvermittelt einer frustrierenden Ernüchterung über das Wiedersehen mit Wolf.

»Bist du bescheuert? Verarschen kann ich mich selbst.« Wolf klang nicht gerade entspannt.

»Beruhige dich, Schatz. Sind uns auf dem Weg für ein Eis zufällig übern Weg gelaufen.«

»Klar, das hier ist reiner Zufall und bedeutet natürlich überhaupt nichts«, überspitzte Wolf Luzis Erklärungsversuch und nahm mich ins Visier. »Und je nachdem, wie sich das hier noch so entwickelt, sehe ich Mic bald *nur* noch Eis lutschen – wegen akutem Zahnmangel.«

Ich wollte etwas sagen, irgendwie die Situation beruhigen, aber aus Sorge um die Vorzüge einer unbeschwerten Nahrungsaufnahme brachte ich keinen Ton heraus.

Doch Luzi behielt die Nerven: »Ah, jetzt kapier' ich. Der Herr ist eifersüchtig aber du weißt ja, mein Freund, dass Eifersucht Männer lächerlich und hässlich macht.«

Für mein Gefühl hatte das gesessen und ich war gespannt, wie Wolf reagieren würde.

Zuerst reagierte er gar nicht. Dann kniff er die Lippen zusammen. Es war zu spüren, wie er um eine angemessene Reaktion rang. Schließlich huschte ein mildes Lächeln über seinen Mund. »Ich bin Wolf und dein Mann, fertig. Du kannst Eis essen, mit wem du willst.« Dann knallte seine Faust dermaßen heftig gegen meinen Oberarm, dass ich die Zähne zusammenbeißen musste, um den Schmerz bei mir zu halten. »Erst recht, wenn die Kerle noch feucht hinter den Ohren sind.«

Immerhin hielt er mich für einen Kerl.

Dann legte Wolf seinen Arm um meine Schulter und zog mich in einer Art an sich heran, wie es sonst nur bei einem Wiedertreffen mit einem sehr alten, sehr guten, sehr lange nicht mehr gesehenen Freund passierte.

Ich war auf alles gefasst und durchdachte meine Optionen. Außer Abwarten und Wegrennen kamen mir keine in den Sinn, die mich hätten retten können. Eigentlich blieb mir nur eine Option, denn bei näherer Betrachtung war Wegrennen keine brauchbare Lösung. Wie hätte das ausgesehen, vor Luzi.

Wolfs Hitze, sein testosterongeschwängerter Schweiß versetzten mich in die ängstliche Erwartung eines Leber-, Nieren- oder sonstigen Hakens. Jedenfalls war ich auf schlimmen Schmerz gefasst, egal, in welcher Form der Gemeinheit er mich treffen würde.

Wolf begann zu lachen, erst normal, wie man so lacht, fast beruhigend, dann befreiter, lauter, zum Schluss ungehalten, beinahe hysterisch. Es klang nach einem diabolisch-heiteren Zweiklang, der leider kaum Entspannung signalisierte.

Doch von einem Moment zum anderen war er wieder bei sich. »Ihr habt doch nicht ernsthaft geglaubt, dass ich denken könnte, ihr zwei ... Dass ausgerechnet ihr ...?« Das irre Lachen flackerte wieder auf. Aber es brauchte nur einen Augenblick, bis er wieder ‚normal' war, mir unvermittelt einen Kinnhaken verpasste und uns ein gequältes Lächeln schenkte. »Ausgerechnet ihr zwei …, oder?«

Wolf hatte nicht durchgezogen und traf mich moderat. Vor Luzi wollte er sich keinen Fehler erlauben. Seine Liebe zu ihr hatte mich gerettet. Das freute mich ebenso, wie es mich bekümmerte. Denn Wolfs Liebe zu Luzi bedrückte mich, da sie mir genauso echt und ernsthaft erschien wie meine eigene. Zudem stand Luzi offensichtlich auf starke Typen, die etwas darstellten. Ich dagegen war genau das nicht und so fühlte ich mich auch – unscheinbar, schwach und naiv.

»Okay, ich hau' einen raus. Was kann ich euch holen?«

»Endlich«, sagte Luzi.

»Was? Endlich?«

»Endlich – die ersten vernünftigen Worte. Cornetto für mich.«

Wolf tippte mir auf die Brust, dass es weh tat: »Und unser kleiner Freund?«

»Mhh ..., muss mal kurz überlegen«, sagte ich und musterte – obwohl ich bereits wusste, was ich wollte – die verschiedenen Eisvariationen, die auf der Werbetafel neben der Durchreiche abgebildet waren.

»Was gibt's denn da zu überlegen?«, drängte Wolf.

»Happen.«

»Happen«, wiederholte Wolf verächtlich. »Das ist kein Eis, Mann, das ist Pappe mit Geschmack. Aber okay, wenn unser kleiner Freund es so will ...«

Das Unser-kleiner-Freund-Gelaber ging mir auf die Nerven, aber ich traute mich nicht, etwas dagegen zu sagen.

Kurz bevor Wolf vorm Tresenschalter stand, schob sich ein großer, kräftiger Typ vor ihn. Wolf verzog sein Gesicht. »Das haben wir jetzt davon. Aber Mic muss ja erst studieren, bevor er Eis bestellt.«

Wolf hatte sich auf mich eingeschossen, aber das war mir egal, solange er friedlich blieb.

Der Typ am Schalter war Mitte zwanzig, hatte seine Haare zu einem Pferdeschwanz zusammengebunden und trug über einem schwarzen T-Shirt die schmuddelige Clubweste einer Motorradgang. Das linke Handgelenk zierte ein breites Lederarmband, eines von der Sorte, das man in Apotheken als Stabilisierung kaufen konnte. Er hatte nicht nur den Namen seiner Lieblingsmotorradmarke, sondern auch die Namen und Logos seiner Lieblingsbands mit Filzer und Kuli darauf verewigt. Die, die ich erkennen konnte, kannte ich alle.

Gerade hatte er Tabak, Blättchen und Streichhölzer geordert, als Wolf ihm auf die Schulter tippte. Ich dachte, er würde den Typen kennen und ihn begrüßen wollen. Aber anstatt ‚Hallo', sagte Wolf ganz ruhig, als wäre es eine vollkommen normale Feststellung: »Scheiß Nazi.«

Ich sah Luzi an. Sie schüttelte den Kopf und hob die Schultern.

Wie in Zeitlupe drehte sich der Angesprochene um, sah Wolf in die Augen und stieß ihm mit der flachen Hand gegen die Brust. Wolf machte einen Ausfallschritt, um das Gleichgewicht zu halten.

Und auch verbal bekam Wolf noch eine mit: »Hat man dir ins Hirn geschissen, oder wo liegt dein Problem?«
Jetzt war allen klar: Der Typ hatte keine Angst und Wolf tatsächlich ein Problem. Wolfs Autorität hatte zwar Schaden genommen, aber seinem Charakter entsprechend war das für ihn kein Grund, sich zurückzuziehen.

»Nazis wie *dir* hat man ins Hirn geschissen«, konterte Wolf und erhielt die prompte Antwort in Form eines ansatzlosen rechten Hakens, der ihn im Gesicht traf. Eine Weile torkelte Wolf wie ein Gummibaum im Sturm, dann ging er in die Knie, schließlich fiel er rücklings auf den Arsch.

Der Typ murmelte was von »Blödmann«, drehte sich wieder zum Schalter, sammelte seine Bestellung ein und verschwand, als wäre nichts passiert.

Wolf blutete aus der aufgeplatzten Unterlippe. Wir knieten uns zu ihm. Luzi kramte Papiertaschentücher aus ihrem Stoffbeutel hervor und machte sich daran, das Blut abzutupfen. Doch Wolf riss ihr genervt das Tuch aus der Hand und versorgte sich selbst.

»Okay, wie du meinst«, sagte Luzi. »Aber kannst du mir verraten, was das sollte?«

»Scheiß Fascho. Der hatte SS-Runen auf seinem Armband. Idiot.«

»Du bist der Idiot«, hörte ich mich sagen, überraschte mich selbst damit und hoffte, dass mir meine Worte nicht noch auf die Füße fallen würden.

»Hast du sie noch alle«?

Wolf meinte die Frage ernst. Dabei lag es mir fern, ihn zu provozieren, und noch ferner, mich mit ihm anzulegen. Aber ja, ich hatte sie noch alle. Vor allem hatte ich Argumente. »Was du gesehen hast, war unvollständig«, erklärte ich.

»Wie«?

»Du hast nur die letzen zwei Buchstaben eines Bandlogos gesehen.«

Wolf brauchte nicht lange zu überlegen. »KISS«!?

»Nee. ABBA«, sagte ich.

»Scheiße, Scheiße, Scheiße«, rief Wolf. »Und es geschieht mir ganz recht, dass *du* mich jetzt auch noch verarschst.«

Er tastete nach seiner Lippe, die immer noch leicht blutete. Luzi hielt ihm ein frisches Tuch hin. Wolf tupfte noch ein paar

Mal herum, dann rappelte er sich auf und trottete davon, ohne ein weiteres Wort zu verlieren, ohne uns weitere Beachtung zu schenken.

Luzi sah ihm noch eine Weile hinterher. »Manchmal ist er wirklich total bescheuert. Mann, Mann, Mann.«

Ich kniete noch immer und sagte nichts.

»So, jetzt gibt's erstmal Eis«, beschloss Luzi. »Und Cola.«

Sie nahm meine Hand, zog mich hoch und ließ mich nicht mehr los. Auf den wenigen Schritten zum Schalter spürte ich ihre Wärme, den dünnen Schweißfilm auf ihrer Haut, und genoss ihren betörenden Duft, der mich umhüllte wie eine weiche, unsichtbare Wolke. Mein Verstand setzte aus. Küssen, dachte ich. Küssen, küssen, küssen. Gleich würde ich sie küssen. Ich dachte an nichts anderes mehr.

Wir genossen Eis und Cola auf den Stufen zum Denkmal. Ich fühlte mich prächtig. Luzi war bei mir und auch wenn ich noch immer nicht wusste, *ob* das etwas zu bedeuten hatte, bildete ich mir ein, *dass* es etwas zu bedeuten hatte. Immerhin, dachte ich, ist sie nicht bei Wolf, als wäre dieser Umstand schon ein Gewinn, ein kleiner Sieg gewesen. Dabei war ich mir nicht sicher, ob es überhaupt einen Kampf geben würde, solange mir Luzis Verhalten so rätselhaft erschien. Durfte ich mir ernsthafte Hoffnungen machen? Ich war noch immer ein ahnungsloser Junge und Wolf ein ausgebuffter, wenn auch zu unüberlegtem Aktionismus neigender Kerl.

Wohl wegen dieser eher kontraproduktiven Gedanken geschah, worauf ich gerne verzichtet hätte. Wolf war in meinem Kopf. Wolf, der sich gerade seine Lippe kühlen würde und kaum erfreut wäre, dass Luzi und ich ... Ich hatte keine Vorstellung, wie weit Luzi gehen würde. Wie auch, ich wusste ja nicht einmal, wie weit ich selbst gehen würde, wie weit ich gehen könnte. Und da drückte der Gedanke an ein wolfsches Eifersuchtsdrama ganz schön auf die soeben noch überschäumende Euphorie. Weg, weg, weg. Die Gedanken mussten weg. Ich schüttelte mich.

»Is' was?«

»Eine Wespe.«

»Ahh.«

Es half tatsächlich. Ich war wieder da, war wieder im Hier und Jetzt.

»Mhh«, machte Luzi und leckte sich die Lippen.

Zu gerne wäre ich ihr Eis gewesen.

Es war wundervoll mit Luzi, ohne Wolf. Der hatte sich, konsequent wie er war, selbst herauskatapultiert. Was für ein Glück. Aber wieso, fragte ich mich, wieso macht er so was. Es sprach ja nichts dagegen, Position gegen Nazis zu beziehen, aber er konnte doch nicht jeden, der ihm verdächtig vorkam, einfach so beschuldigen, nur weil es ihm gerade in den Sinn kam. Vielleicht kannte Luzi die Antwort. »Was ist eigentlich los mit Wolf«?

»Was meinst du«?

Luzi hatte verstanden, worauf ich hinaus wollte. Aber wahrscheinlich hatte sie keine Lust auf das Thema. Ich schon.

»Ich habe zufällig gesehen, wie er NAZI auf eine Motorhaube gesprüht hat. Die Schmierereien unter dem Fenster meiner Nachbarn sind vermutlich auch von ihm, dann die Sache von eben … Wieso macht er so was?«

Luzi lutschte nachdenklich an ihrem Eis. »Ich schätze, er macht das wegen mir.«

»Wegen dir?«

Luzi nickte zaghaft.

»Kapier ich nicht.«

»Er will mir imponieren.«

»Klar, indem er zum kopflosen Nazijäger wird? Das klingt schon ein bisschen verrückt, oder?«

»Für Außenstehende schon.«

»Das heißt, du verstehst ihn?«

»Ich habe ihm mal erzählt, was mein Vater erlebt hat, als er so alt war, wie wir jetzt. Ich glaube, die Geschichte hat ihn nachhaltig beeindruckt.«

»Wie meinst du das«?

»Seitdem interessiert er sich vehement für den Nationalsozialismus. Seine Aktionen macht er zwar für mich, aber aus eigener politischer Überzeugung heraus.«

»Verstehe ich immer noch nicht«, gab ich zu und hoffte, nicht allzu begriffsstutzig zu wirken.

»Okay«, sagte Luzi und schleckte herunterlaufendes Eis ab. »Es passierte Anfang der vierziger Jahre, ich glaube 1943. Mein Vater war kein Freund der Nazis – im Gegenteil. Er war 15 Jahre alt, als er mit einem Stück fetter Kohle seine Abneigung auf eine Häuserwand geschmiert hat. Das war übrigens ganz hier in der Nähe. Aber das Haus existiert nicht mehr.«

»Ganz schön mutig.«

»Schon, aber er hat es damals nicht so empfunden. Außerdem fühlte er sich sicher, weil er seine Abneigung in harmlose Worte gekleidet hatte.«

»Was hat er denn geschrieben«?

Luzi grinste: »Ich mag die braune Suppe nicht, nein, braune Suppe mag ich nicht.«

Jetzt musste auch ich grinsen. »Cool.«

»Ja, aber er ist beobachtet und denunziert worden.«

»Mist, und dann?«

»Er wurde für vierundzwanzig Stunden in eine Einzelzelle gesperrt. Erzieherische Maßnahme, zum Wohle des gesunden Volkskörpers.«

»Nur für den Spruch? Ist ja erschreckend.«

»Was erwartest du? Das waren die Nazis.«

»Stimmt. Aber auch wenn er nicht mit der Strafe gerechnet hat – mutig war's trotzdem.«

Luzi nickte.

Dass allein diese Geschichte Wolfs Verhalten erklären sollte, konnte ich mir immer noch nicht vorstellen. »Versteh mich nicht falsch, Luzi, aber diese Geschichte ist der Grund für Wolfs Nazifeldzug?«

»Damit fing die Geschichte um meinen Vater erst an. Möchtest du sie hören«?

»Und ob«, sagte ich.

»Lass mich kurz nachdenken«, sagte sie und knabberte am Hörnchenrand.

Gott, sah sie süß aus.

»Die erzieherische Maßnahme hatte den genau gegenteiligen Effekt erzielt«, erklärte sie. »Mein Vater schloss sich daraufhin einer kleinen Gruppe von jungen Aufsässigen an. Widerständler wäre vielleicht der passende Begriff – aber den lehnt mein Vater ab, so sah er sich nicht, damals. Jedenfalls führten sie nicht ganz ungefährliche und durchaus wirkungsvolle Sabotageaktionen aus.«

»Okay, langsam wird ein Schuh daraus, ich meine, was Wolf angeht.«

»Ja, leider.«

»Natürlich hast du ihm von den Aktionen erzählt.«

»Hab' ich.«

»Und du erzählst auch mir davon?«

»Nicht, dass du auch noch Nazijäger wirst. Einer reicht mir nämlich.«

›Einer reicht mir‹, sagte sie. War ich etwa schon ein Teil ihrer Welt geworden? »Mach dir keine Sorgen«, antwortete ich.

»Na gut. Zum Beispiel schlichen sie im Schutz der Dunkelheit auf die Abstellbahnhöfe der Güterzüge, entkoppelten erst die einzelnen Wagons voneinander und lösten dann die Bremsen. Es dauerte Tage, bis die manchmal kilometerweit fortgerollten Wagen wieder zurückgeholt und den korrekten Zugverbänden zugeordnet werden konnten. Solche Aktionen waren natürlich besonders dann schädlich, wenn die zu transportierenden Güter aus Waffen für den Kriegseinsatz bestanden hatten.«

»Beeindruckend.«

»Ja.«

»Gab es auch noch andere Aktionen?«

Luzi hielt mir den Rest ihres Hörnchens hin. »Magst du?«

Ich nickte und nahm es ihr ab.

»Es gab viele kleinere Sabotageakte. Etwa Luft aus den Reifen von Nazifahrzeugen zu lassen, gehisste Hakenkreuzfahnen von den Masten zu holen oder Telefonleitungen einschlägig bekannter Funktionäre zu durchtrennen.«

Hätten sich die Jungs nicht in größte Gefahr begeben, hätte man es für einen Riesenspaß halten können. War es aber nicht. Weshalb sich mir eine bange Frage aufdrängte.

»Hat man sie erwischt?«

»Nee, die haben echt Schwein gehabt, sagt mein Vater.«

»Musst einen tollen Vater haben.«

Luzi nickte. »Hab' ich.«

»Was macht er heute?«

»Arbeitet bei Opel in Bochum. Muss oft nach Rüsselsheim, bald wohl auf Dauer.«

Irgendwie bewunderte ich Wolf, jedenfalls für seinen Tatendrang und seinen Willen, Luzi zu imponieren. Aber impulsive Selbstjustiz? Da trifft man schnell den Falschen, so wie eben. Mit der blutigen Lippe hat er noch Glück gehabt. Und was, wenn er auf wirklich Schuldige trifft, auf die, die sich mit *ihren* Methoden zu wehren wissen. Sein historischer Ansatz in allen Ehren, dachte ich, aber da besteht Verbesserungspotential.

»Hoffentlich gerät er nicht irgendwann an den Falschen«, bemerkte ich. In dieser Situation lag mir nichts ferner, als Wolf für irgendetwas zu bemitleiden. Ich hätte mich wie ein Heuchler gefühlt. Stattdessen wäre Kritik angebracht gewesen, aber dafür fehlte mir der Mut. Ich hatte kein Interesse, wegen einer kritischen Bemerkung über Wolf bei Luzi in Ungnade zu fallen, noch bevor klar war, wie *unsere* Sache sich entwickeln würde. Aber, bildete ich mir ein, ich hatte mit meiner Bemerkung den Ansatz eines kritischen Kommentars hingekriegt.

»Wegen mir kann er sich den Unsinn schenken«, sagte Luzi.

Ich war froh, dass sie das so sah.

Dann war das Thema für sie beendet. »Aber lassen wir das jetzt«. Sie schaute mich an. »Hast du noch etwas Zeit?«

Das hatte sie mich echt gefragt: Ob ich noch Zeit hätte. Selbst wenn nicht – für nur eine Minute mit Luzi hätte ich den Lauf der Welt gestoppt.

»Da muss ich überlegen«, antwortete ich.

Luzi kniff die Augen zusammen und sah mich grimmig an.

»War ein Scherz.«

»Weiß ich doch«, sagte sie grinsend. Dann sprang sie auf und schaute in den mit wenigen weißen Tupfern geschminkten, tiefblauen Himmel.

»Komm«, sagte sie. Wieder zog sie mich hoch.

»Wohin denn?«

»Überraschung.«

Dann rannte sie los und ich hinterher. Schnell war klar, wohin es ging. Wir waren auf dem Weg zum Freibad im Revierpark Nienhausen in Gelsenkirchen.

Keine Viertelstunde später standen wir vor der Kasse und stellten fest, dass unser Geld nur noch für eine Eintrittskarte reichte. Wir hofften auf ein Loch im Zaun. Nach einigem Suchen hatten wir hinter Büschen und Sträuchern versteckt einen notdürftig geflickten Durchschlupf entdeckt. Die aus ein paar Drähten bestehende Flickschusterei war schnell auseinandergebogen. Wir schlüpften hindurch und spähten nach Bademeistern, die uns hätten sehen können, aber es war ein heißer Tag und die Wiesen und Becken voller Menschen. Kein einziger Offizieller hatte Augen für uns. Wir fühlten uns sicher. Wie selbstverständlich bahnten wir uns den Weg durch das Leiberlabyrinth – mal nach links hüpfend, mal nach rechts, über Handtücher springend – bis wir das Schwimmerbecken erreicht hatten.

Auf dem Weg über die Liegewiese fiel mir ein, dass ich weder Handtuch noch Badehose dabei hatte. Ich wollte nicht uncool wirken und sagte zuerst nichts. Ein Handtuch war zu entbehren, aber ohne Badehose ging in einem städtischen Schwimmbad gar nichts. Als wir am Becken ankamen, sagte ich es Luzi.

»Egal«, antwortete sie. »Hab‘ auch nichts dabei.«

Sie nahm meine Hand und führte mich zum Beckenrand.

»Ich möchte dir etwas zeigen«, sagte sie und deutete auf die Ausstiegsleiter.

»Was denn?«

»Du musst genau hinsehen.«

Um es besser sehen zu können, beugte ich mich vor. Ich hörte noch ihr Lachen, bevor sie mir den Schubser verpasste und ich kopfüber ins Wasser plumpste. Ich tauchte sofort wieder auf, schaute zum Beckenrand und sah noch wie Luzi den Stoffbeutel zur Seite warf. Dann tauchte sie auch schon neben mir unter.

Irgendetwas von ihr berührte mich. Es verging eine Ewigkeit, bis sie direkt vor mir auftauchte, ihr Gesicht von den Haaren verdeckt. Sie warf den Kopf nach hinten. Ihre Haare und eine Wasserfontäne folgten der Bewegung. Sie sah mich an, erst frech grinsend, schließlich ausgelassen lachend. Es war die pure Lebensfreude einer strahlenden Göttin und sie war ansteckend, wirkte sofort, ohne Inkubationszeit. Niemals zuvor hatte ich diese unglaubliche Energie gespürt. Niemals zuvor hatte ich mich dermaßen lebendig gefühlt. In der echten Wirklichkeit schwamm ich zusammen mit hundert anderen im Wasser eines öffentlichen Freibades. Aber in meiner Wirklichkeit schwebte ich mit Luzi in einem Meer aus Glückseligkeit.

Dann war die Zeit reif, der Augenblick da. Ich wollte küssen. Jetzt. Es musste sein. Ich würde Luzi küssen. Es gab kein Zurück. Ich nahm all meinen Mut zusammen, schloss die Augen, traute mich, traute mich tatsächlich, aber noch bevor ich ihr auch nur einen Zentimeter nähergekommen war, hatte Luzi ihre Lippen auf meine gepresst. Sie umfasste meinen Kopf, ich augenblicklich ihre Taille, die fest war und weich zugleich. Ich spürte ihren Beckenknochen, hart und wundervoll geschwungen. Und während wir langsam unter Wasser glitten, erforschten unsere Zungen unbekannte Paradiese.

Von weit entfernt, seltsam surreal, hörte ich ein klagendes Fiepen, ähnlich dem Quieken eines Ferkels oder dem Quietschen einer heißgelaufenen Fahrradbremse. Mal war es da, dann wieder weg, ein Geräusch im Hintergrund, seltsam dumpf klingend, dem ich keine besondere Beachtung schenkte. Wie auch – Luzi hatte meine komplette Aufmerksamkeit und nichts auf der Welt hätte etwas daran geändert.

Ich weiß nicht, wie lange wir es so ausgehalten haben, aber irgendwann ging uns die Luft aus. Außerdem sind Zungenküsse unter Wasser nicht ganz dicht, da kann man die Lippen aufeinanderpressen, wie man will. Gleichzeitig, wie auf ein vorher verabredetes Zeichen hin, tauchten wir auf. Kaum mit dem Kopf über Wasser pumpte ich die Lungen voll. Dann hörte ich auch schon Händegeklatsche, den hysterischen Ton einer Trillerpfeife und laute Rufe – ein totales Durcheinander von Geräuschen. Nachdem ich mir das Wasser aus den Augen gewischt hatte, sah ich erst Luzi, die sichtlich nach Luft rang, dabei aber immer noch oder schon wieder strahlte wie vorhin. Ich schaute zum Beckenrand. Ein Dutzend Leute standen da und applaudierten in unsere Richtung. Vor der Gruppe tänzelten zwei weiß gekleidete Typen, die wild gestikulierten und abwechselnd irgendetwas schrien oder hektisch in ihre Trillerpfeifen bliesen. Auch die meinten uns.

»Straßenkleidung verboten; sofort raus aus dem Wasser; Hausverbot.«

Luzi lachte mich an. »Die verstehen keinen Spaß. Komm, wir hauen ab.«

Wir machten ein paar Züge bis zur Leiter und stiegen aus dem Wasser. Jetzt spürte ich, dass die Klamotten am Körper klebten wie eine zweite Haut. Am Beckenrand tropfte es aus uns heraus, als wären wir Mensch gewordene Schwämme. Die Bademeister wollten uns eine Standpauke halten, aber die immer noch applaudierenden Badegäste bildeten ein kleines Spalier für uns, sodass Luzi ihren Stoffbeutel greifen und wir ungehindert abhauen konnten. Wir rannten, schlugen, den ölglänzenden Körpern ausweichend, Haken wie Hasen auf der Flucht vor ihren Häschern, schauten zurück, ob man uns folgte, rannten weiter, sprangen über Tücher, Stock und Stein und blieben bis zum Ausgang allein. Niemand war uns gefolgt.

Außer Atem standen wir auf dem Vorplatz, sahen uns an und prusteten los. Auf dem Boden bildeten sich zwei kleine Pfützen.

Luzis weißes T-Shirt klebte auf ihrer Haut. Sie trug zwar einen BH, aber der war auch weiß. Hätte sie nichts getragen, wäre sie kaum nackter gewesen. Ich gab mir Mühe, meinen Blick nicht allzu offensichtlich auf ihre Brüste zu richten. Aber Luzi schien das nichts auszumachen.

»Schön, wenn ich dir gefalle«, sagte sie und grinste keck.

»Und du bist auch nicht zu verachten.«

Ich fühlte mich klasse.

»Umziehen, wir sollten uns umziehen«, sagte ich.

»Wieso, fühlt sich doch cool an und bei 30 Grad trocknet alles auf der Haut.«

Sie hatte recht. Die nassen Klamotten zu spüren war gar nicht so übel. Aber sie mussten ja nicht gerade hier auf der Straße trocknen. Bis dahin waren wir Luzis Ideen gefolgt, die scheinbar nur bis hier zum Schwimmbad gereicht hatten, nicht aber darüber hinaus. Auch wenn ich Luzi *gerne* gefolgt war – den Eindruck eines Langweilers, ohne eigene Vorstellungen, wollte ich auf gar keinen Fall hinterlassen.

»Ich weiß, wo wir trocknen können.«

»Da bin ich mal gespannt.«

Auch wenn es nur so dahergesagt war – Luzis Bemerkung signalisierte eine gewisse Erwartungshaltung. Aber das war okay, denn ich war mir ziemlich sicher, dass ihr meine Idee gefallen würde – na ja, zumindest fast ziemlich sicher.

Wir schlenderten vor zur Feldmarkstraße und dann Richtung ‚Zum Lindenbruch', dem Stadion, wo noch vor wenigen Jahren hochklassiger Fußball gespielt wurde. Wir ernteten aufmerksame Blicke von jedem, der uns entgegenkam. Ob jung, ob alt, ob Mann, ob Frau: Alle sahen uns an. Die Gesichter reagierten sehr unterschiedlich und wir machten uns einen Spaß daraus, sie zu interpretieren. Manche guckten empört, andere amüsiert, und der eine oder andere männliche Blick geriet sogar ein wenig lüstern. Kein Wunder, denn Luzi versteckte sich nicht und trug ihr NackT-Shirt mit verachtender Gleichgültigkeit.

Kurz vorm Lindenbruch, hatten wir das Ziel erreicht: meine geliebte Gartenkolonie.

»Kennst du Strawberry Fields Forever«, fragte ich Luzi, als wir vorm Eingangstor standen.

»Du meinst den Song von den Beatles?«

»Genau. Wusstest du, dass die Fields tatsächlich existieren und dass es dort ein Tor gibt?«

»Nein, das wusste ich nicht.«

»Das Tor hier ist wie das Tor zu den Fields.«

Luzi gab mir einen Kuss. »Dann ist es ein magisches Tor.«

Sie hatte es sofort kapiert.

Eine Minute später standen wir in meinem kleinen Sommerdomizil.

»Cola?«

»Mhmhh.«

Ich holte zwei Fläschchen aus dem Kühlschrank.

Luzi schaute sich um. »Kuschelig«, sagte sie. »Wohnst du hier«?

»Nur in den Ferien.«

»Cool.«

Sie nahm mir eine Cola ab und musterte mich Erwartungsvoll. Ich brauchte einen Moment, bis ich es kapierte, einen Öffner aus der Tischschublade hervorkramte und die Deckel abhebelte. Wortlos stießen wir an.

Luzi zeigte mit der Flasche in den Raum. »Darf ich?«

»Klar.«

An der Cola nippend durchstöberte sie mein Refugium. Alles schien ihr irgendwie interessant. Im Bad kommentierte sie meine umfangreiche Hygienemittelsammlung. »Ah, ein Duschgel-Dschungel.«

Am Plattenspieler blieb sie stehen, sah sich aber keines der Alben an.

»Bin gespannt, ob du mich überraschen kannst.«

Ich nickte »Mal sehen …«

»Aber das heben wir uns für später auf«, schlug sie vor. »Erst müssen unsere Klamotten ...«

In diesem Moment entdeckte sie meinen ganzen Stolz, die Epiphone Jumbo Akustikgitarre, die, versteckt hinter der Rückenlehne des abgewetzten Polstersessels, an der Wand lehnte.

»Spielst du?«

Ich schüttelte den Kopf.

»Verstehe, nur Deko!«

Luzi rüttelte an meiner Ehre. »Nein.«

»Also spielst du doch!«

»Nur für mich.«

Luzi grinste. »Vielleicht auch für mich?«

Da hatte ich mir was eingebrockt. Was sollte ich antworten? Ein Nein wäre echt uncool gewesen. Ein Ja hätte total peinlich werden können. Und Ausreden gingen gar nicht, die hätte sie als Feigheit verstehen können. Ich hatte nur die Wahl zwischen Pest und Cholera, zwischen Ja und Nein. Aber, das war mal klar: Wenn ich überhaupt für irgendjemanden spielen würde, dann für Luzi.

»Total gerne spiel‘ ich für dich«, versicherte ich ihr.

Insgeheim glaubte ich, dass wir zuerst einmal unsere Klamotten in der Sonne trocknen lassen würden. Danach, hoffte ich, würde das Thema schon in Vergessenheit geraten. Aber meine Hoffnung reichte nicht über den Moment hinaus.

»Dann leg' mal los«, befahl Luzi. Sie zeigte ein belustigtes aber auch aufmunterndes Lächeln. Keine Ahnung, wie sie das hinbekam, aber je länger sie mich ansah, desto mehr wuchs mein Zutrauen in meine eigenen Fähigkeiten.

Ich nahm die Gitarre, kontrollierte kurz die Stimmung, die noch passte, schnappte mir auch noch das Tambourin und setzte mich auf die Couchkante. Wenn ich Songs einstudierte, versuchte ich meist auch die Texte mitzuträllern. Aus meiner Sicht war meine Stimme allerdings kaum publikumsgeeignet. Ein verschämtes Summen wäre das Maximale, zu dem ich mich hätte hinreißen lassen. Auf eine gesangliche Darbietung würde Luzi also verzichten müssen. Ich klemmte das Tambourine unter den Fuß, trat einen ¾-Takt und schlug die ersten Akkorde an.

»Stopp«, rief Luzi.

Mist, schon hatte ich es verdaddelt, dachte ich. Dabei war ich mir sicher, dass alles korrekt war. Ich sah sie mit großen Augen an.

»Sorry Mic, mach noch mal von vorn, bitte.«

Zum ersten Mal nannte sie mich Mic, also mit dem von Wolf erfundenen Spitznamen. Seltsamerweise klang er aus ihrem Mund okay, sehr okay sogar.

Sie kniete sich vor mich auf den Boden und betrachtete mich erwartungsvoll. »Okay, nächster Versuch.«

Ich hatte keine Ahnung, welchen Fehler ich gemacht hatte und begann von vorn, spielte die Akkorde genau so wie eben, genau so, wie ich sie eingeübt hatte und hoffte, dass es dieses Mal klappte.

Und dann war klar, warum ich von vorne beginnen sollte. Luzi stieg ein und sang die ersten Zeilen von: ‚You've got to hide your love away'.

Sie mochte die Beatles. Sie mochte sie so sehr, dass sie die Texte ihrer Lieblingssongs auswendig gelernt hatte. Ich wusste das natürlich nicht, war mit der Wahl einfach meiner Intuition gefolgt und hatte Schwein gehabt. Mann, war ich erleichtert. Und stolz. Und glücklich.

Sie hatte eine soulige Gesangsstimme, verhältnismäßig tief und rau, was ihr eine reife, freche Note verlieh und einen spannenden Kontrast bildete zu der überschäumenden Lebensfreude einer noch nicht ganz erwachsenen Frau.

Wir schauten uns an, sahen das breite Grinsen des anderen und hatten Mühe, einen Lachanfall zu vermeiden. Aber wir rissen uns zusammen und spielten durch bis zum Ende. Der letzte Ton war noch nicht verklungen, da fielen wir uns in die Arme und hörten erst wieder auf zu lachen, als wir nach Luft schnappen mussten. Luzi gab mir einen Kuss. Dann nahm sie meine Hand und zog mich nach draußen, wo wir uns rücklings auf die Wiese fallen ließen.

Es war Nachmittag geworden und die Sonne stand hoch und heiß über uns.

»Wie lange dauert es?«, fragte ich.

»Was denn?«

»Bis wir trocken sind.«

»Keine Ahnung. Abwarten.«

Das klang nach einem plausiblen Plan, dachte ich vergnügt und wollte einen Schluck aus der Pulle nehmen. Die aber hatten wir drinnen vergessen. Ich holte sie.

Wir lagen nebeneinander auf dem Rücken und beobachteten die wenigen vorüberziehenden Wolken. Luzi legte ihre Hand auf meinen Bauch, ich meine auf ihren. Wunderbar wohlig fühlte sich das an. Ihr T-Shirt war schon fast wieder trocken.

»Geht schneller, als man denkt«, sagte ich.

»Was denn, dass man zusammenkommt?«

BANG!

›Zusammenkommt‹? Sie hatte wirklich ›zusammenkommt‹ gesagt? Was sollte das bedeuten? Was meinte sie damit? Waren wir jetzt zusammen? Und was war mit Wolf? Ich wusste nicht, was los war, wie ich reagieren sollte. Sollte ich erklären, wie ich es wirklich gemeint habe? Aber wenn Luzi meine Frage in Richtung ihrer Gegenfrage verstanden hatte und sie tatsächlich meinte, dass wir jetzt zusammen waren, würde ich dem Moment den Zauber und mir meine Möglichkeiten nehmen. Wahrscheinlich war, dass ihre Nachfrage keine Bedeutung hatte und sie nur sichergehen wollte, dass sie mich richtig verstanden hatte, um eine entsprechend angemessene Antwort zu geben.

Was sollte *ich* antworten? Ihre Nachfrage im Sinne von Zusammensein bestätigen und mir eine Abfuhr abholen oder ehrlich sein und damit das Thema sofort wieder aus der Hand geben? Andererseits: Warum so pessimistisch? Ihre Reaktion hätte ja auch positiv ausfallen können.

Bin ich eigentlich bescheuert, fragte ich mich. Wie konnte man in einer solch komfortablen Lage nur derart kompliziert sein? Ich verkniff mir eine Antwort, setzte mich auf und betrachtete ihr Gesicht. Sie hatte die Augen geschlossen und wirkte vollkommen im Reinen mit sich. Sie sah bezaubernd aus. Ich konnte gar nicht anders, als sie zu küssen. Luzi blinzelte, zog mich zu sich herunter und erwiderte den Kuss heftig, als hätte sie nur auf ihn gewartet.

Die Jeans mussten auch von der anderen Seite trocknen. Ich legte mich auf den Bauch, hielt den Kopf aber noch hoch, um Luzi beobachten zu können. Sie hatte die Augen noch immer geschlossen. Auf ihrem Gesicht lag jetzt ein zartes, fast feenhaftes Lächeln, das aber nicht ihren Mundwinkeln entsprang. Vielleicht, mutmaßte ich, war es gar kein Lächeln, sondern das friedliche Leuchten einer glücklichen Seele.

Und als hätte Luzi geahnt, dass ich sie beobachtete, öffnete sie die Augen. Sie sah direkt in die blendende Sonne. Grummelnd verzog sie das Gesicht zu einer süßsauren Grimasse. Ein kurzer blinzelnder Blick, dann drehte auch sie sich auf den Bauch.

Ich legte meinen Kopf ins Gras und schloss die Augen. Unter mir dröhnten die Hämmer und Fräsen der Mittagsschicht. Es war beruhigend, sie wieder zu hören. Sie zeugten von harter, ehrlicher Erwerbsarbeit, die, von einem kaum vermeidbaren Restrisiko abgesehen, weniger Gefahr für Leib und Seele darstellte, als es die Geschichte um Timmi vermuten ließ. In meinen Ohren klangen die Geräusche fast wie Musik.

Ich dachte an unser kleines Intermezzo von eben. ‚You've got to hide your love away' war nicht gerade der berühmteste Song der Beatles und ich spekulierte, welche Beatlestexte Luzi noch kannte. Vielleicht ‚Hey Jude', oder das obligatorische ‚Yesterday', womöglich auch einen frühen Hit wie ‚She loves you'. Ich wollte es wissen.

»Gitarre an Gesang, Gitarre an Gesang«, flüsterte ich ihr ins Ohr. Dabei war ich ihr so nah, dass mein Atem den zarten Flaum ihrer Nackenhärchen zum Vibrieren brachte.

»Gesang hört«.

»Gesang, hätten wir ein Repertoire, was die Beatles angeht?«

Luzi überlegte. »Also was mich betrifft: Ein Minireportoire – kaum abendfüllend. Für ein Ständchen in der City würd's aber reichen.«

Das klang schon wieder nach einer guten Idee. »Und?«

»Yesterday, klar ... und Norwegian wood ... und Blackbird sowieso.«

Ich war begeistert. Das waren Songs, die auch ich toll fand, und vor allem gehörten sie zu denen, die ich zu begleiten gelernt hatte.

»Ach, und Penny Lane, natürlich«, schob sie noch nach.

»Penny Lane«, wiederholte ich begeistert. Ich fühlte mich wie ein kleiner Junge, dem man gerade ein lang ersehntes Geschenk gemacht hatte. »Einer meiner Lieblingssongs«, versicherte ich.

»Auch einer meiner«.

»Willst du wissen welcher mein absoluter Favorit ist«?

»Von den Beatles?«

»Ja, von den Beatles.«

»Lass mich raten.« Luzi tat, als würde sie ein schwerwiegendes Problem wälzen. Sie hatte ihre Augen zusammengekniffen und machte ein ernstes Gesicht. »Strawberry fields forever, was sonst«, sagte sie mit einer Gewissheit, als hätte sie soeben eins und eins zusammengezählt.

Für einen Augenblick ärgerte mich ihre Selbstsicherheit. Aber ich hatte mich schnell wieder gefangen. Gegen ein ausgeprägtes Selbstbewusstsein war schließlich nichts zu sagen, solange es ohne den buckligen Verwandten Arroganz auskommt. Und dieser Verwandte würde immer ein Fremder für Luzi bleiben, da war ich mir absolut sicher. Trotzdem war ich neugierig.

»Wie machst du das?«

»Einfach Glück gehabt.«

»Glück gehabt«, wiederholte ich ungläubig.

»Na ja, ich dachte an das Tor zu den ‚Fields'.«

Stimmt, irgendwie hatte ich es selbst schon verraten.

»Leider kann ich die ‚Fields' nicht spielen«, sagte ich entschuldigend.

Luzi lachte. »Und ich nicht singen.«

Danach warfen wir uns begeistert die Namen unserer Helden zu. Neben den Beatles, The Who und Cockney Rebel mochte ich auch noch Supertramp und T-Rex, mit denen auch Luzi einverstanden war. The Who waren für Luzi aber nur okay.

Ihre Favoriten waren neben den Beatles noch Jethro Tull und Pink Floyd, mit denen auch ich einverstanden war – und Zappa. Ausgerechnet Frank Zappa, für die einen ein Gott, für die anderen der Teufel. Zappa machte komplizierte Männermusik, nichts zum Wegträumen. Außer Luzi kannte ich kein anderes Mädchen, das Zappa hörte, aber auch keinen Jungen. Mir war Zappa einfach zu schräg damals. Ich habe ihn erst mit Anfang zwanzig für mich entdeckt und dann nicht verstanden, warum ich ihn mit sechzehn nicht verstanden habe.

Ich schloss die Augen und genoss das Sein. Hätte mir am Morgen jemand vorausgesagt, dass der Tag einen solchen Verlauf nehmen würde – ich hätte ihn für einen realitätsfernen Irren gehalten und mitleidig belächelt. In meinen hoffnungsvollsten Träumen hätte eine solche Entwicklung keine Chance gehabt, glaubte ich. Aber das stimmte nicht. Denn kein Traum der Welt hätte sich eine solch dramaturgische Chance entgehen lassen. Und in dem Moment, als ich das dachte, erschrak ich, fürchtete ich, dass alles nur ein Traum war, und riss die Augen wieder auf.
Luzi lag neben mir. Luzi, Luzi, Luzi.

Ein paar Parzellen entfernt, schien sich Nofretete über die Hitze zu beschweren. Sie jaulte schon eine ganze Weile. Fete, wie sie gerufen wurde, war die Schäferhündin der Ibrahims. Vielleicht war sie alleine gelassen worden und ersehnte Trinkwasser oder eine Abkühlung, vermutete ich und wollte schon rüber. Aber dann hörte ich die freundliche Stimme von Dollar Brand und Fete war wieder ruhig.

Ich dachte an Wolf, der nicht nur *jaulen* würde, wenn er von Luzi und mir erführe. Wie sollte das Ganze überhaupt weitergehen, fragte ich mich. Wie sollte das funktionieren mit Luzi, Wolf und mir? Eine Dreiecksgeschichte vielleicht? Ohne mich.

Andererseits ... Oder sollte ich vielleicht verzichten, freiwillig womöglich? Nein, das kam überhaupt nicht in Frage. Also doch eine Dreiecksgeschichte? Klar, es konnte gut sein, dass Luzi eine Entscheidung treffen würde, dann wäre das Problem gelöst. Aber wollte ich diese Entscheidung? Auch wenn meine Chance fünfzig zu fünfzig stand – zumindest rechnerisch. Der Gedanke drückte auf die Stimmung. Ich suchte nach Ablenkung und schloss die Augen. Noch einmal erlebte ich unseren Tauchgang. Und noch einmal. Und noch einmal. Es half.

Luzi drehte sich wieder auf den Rücken. Ich drehte mich zur Seite, stützte mich auf meinen Ellenbogen und betrachtete sie. Eine Haarsträhne hatte sich keck über ihr rechtes Auge gelegt. Ich schob sie auf die Stirn und formte einen Kringel. Sobald ich ihn losließ sprang er wie eine Feder in seine Ursprungsform zurück und ich begann wieder von vorn. Luzi ließ es ungerührt über sich ergehen. Nur manchmal bemerkte ich ein leichtes Flirren auf ihrer Oberlippe.

Ach Luzi, dachte ich, wo warst du nur die ganze Zeit?

»Luzi?«

»Mhh«.

»Sag mal, ...«.

»Was denn ...«?

»Wo kommst du eigentlich her«?

Luzi lächelte. »Das muss ich dir doch nicht erklären, oder«?

»Nee, das nicht. Ich meine ..., wo wohnst du, auf welche Penne gehst du, so was?«

»Goetheschule«, antwortete Luzi knapp.

Entweder ihr schien das Thema uncool oder es war ihr aus irgendeinem Grund unangenehm. Ich wollte sie nicht bedrängen, aber meine Neugier wog schwerer als die Vernunft. »Ach, das Schnösel-und-Schnepfengymnasium in Bonzen-Bredeney«, schoss es aus mir heraus – was nicht nur unüberlegt war, sondern auch ziemlich blöd. Es wäre Luzi nicht zu verdenken gewesen, wenn sie meine Bemerkung als Beleidigung verstanden hätte.

»Genau, und ich bin die Oberschnepfe«, sagte sie tonlos. Wie sie das sagte, konnte es ironisch gemeint sein, aber auch bissig, als Spitze bezüglich meines unüberlegten Gefasels.

Noch bevor ich mir überlegt hatte, wie ich da wieder herauskam, öffnete sie die Augen, blinzelte mir zu und sagte: »Du hast ja nicht ganz unrecht. Aber da sind auch echt Taffe dabei.«

»Klar, ganz bestimmt«, bestätigte ich mit ausdrücklich unironischem Unterton.

Dass Luzi aus Bredeney stammte, hätte ich niemals für möglich gehalten. Das passte alles überhaupt nicht zusammen und steigerte meine Neugier umso mehr.

»Und wie wird eine Bredeneyer Gymnasiastin Mitglied in einer Katernberger Gang? Ich meine, das ist ne komplett andere Welt hier. Außer den Zechenbossen verschlägt's aus Bredeney normalerweise niemanden hierher.«

»Na ja, ich bin wegen der Nachhilfe nach Katernberg gekommen. Da habe ich auch Wolf kennengelernt. Und übrigens: so schlimm wie du tust, finde ich es hier gar nicht.«

Auch ich hatte meine Probleme in der Schule. Aber unter welchem Druck eine auf Leistung getrimmte Goetheschülerin stand, dass sie wegen ihrer Nachhilfe sogar bis ins entfernte Katernberg reiste, konnte ich nur erahnen. Da gerade Sommerferien waren, dürfte es sich bei der Nachhilfe um die Vorbereitung auf bevorstehende Nachprüfungen handeln. Da ich Luzi nicht in Verlegenheit bringen wollte, traute ich mich erst nicht, das Thema zu vertiefen. Aber weil sie bisher einen alles andere als empfindlichen Eindruck hinterlassen hatte, wagte ich es doch, zumindest einem Teil meiner Neugier Luft zu verschaffen.

»Darf ich dich fragen, in welchem Fach?«

»Außer Sport, alle«, antwortete Luzi knapp. Dabei guckte sie irgendwie amüsiert.

Das saß. Betreten überlegte ich, wie ich reagieren sollte. Zuerst wollte ich sie bedauern und meiner Solidarität versichern, doch da Luzi, selbst bei *diesem* Thema, ziemlich entspannt wirkte, sagte ich nur: »Uijuijuij«. Dabei versuchte ich mit meiner Hand durch ihre Haare zu fahren, gab den Versuch aber sofort wieder auf. Sie lagen einfach zu wild durcheinander und waren durch das Chlorwasser stumpf geworden. Stattdessen kitzelte ich ihren Bauchnabel, der mich schon die ganze Zeit angelacht hatte. Luzi hatte die Augen wieder geschlossen. Sie lächelte zufrieden.

»Luzi?«

»Jaahaa.«

Meine Neugier war lange nicht gestillt. Sehr viel noch hätte ich von ihr wissen wollen. Aber dann erschienen mir meine Fragen, die ich zu späteren Gelegenheiten genauso würde stellen können, zu banal für den Moment.

»Ach, schon gut.«

Luzi tastete mit ihrer Hand nach meinem Gesicht.

»Autsch.«

»Oh, sorry. Noch wegen der Prügelei?«

»Mh mhh.«

Ich küsste ihre Hand.

»Und du?«, fragte Luzi.

»Was, und ich?«

»Du könntest mir verraten, was es auf sich hat, mit deinen ›außergewöhnlichen Fähigkeiten‹ wie es die Zeitung formulierte.«

»Na ja, so richtig weiß ich das auch nicht. Aber ich könnte dir eine Geschichte dazu erzählen.«

»Bin gespannt.«

»Mein Vater ist Bergmann, musst du wissen. Als ich noch ein kleiner Junge war, habe ich einmal einen Bericht über die Arbeit der Bergleute im Fernsehen gesehen. Die Dunkelheit, der Dreck und der Lärm machten mir Angst, was dazu führte, dass ich mich ständig um meinen Vater sorgte, sobald er für seine Schicht die Wohnung verließ. Um mich zu beruhigen, nahm mich mein Vater irgendwann zur Seite und erklärte mir, dass es so dunkel, wie es in dem Bericht beschrieben wurde, gar nicht ist, da unten. Dreckig und laut schon, aber das sei nicht schlimm. Und, erklärte er mir, solange wir da unten Dreck und Krach machen, geht es uns gut. Seit diesem Tag habe ich immer, wenn mein Vater unter Tage war, mein Ohr auf den Boden gelegt und auf die Geräusche geachtet, die mein Vater und seine Kumpel durch ihre Arbeit verursachten. Außer LKWs, Autos, Kindergeschrei und was sonst noch auf der Straße oder im Haus Geräusche verursachte, hörte ich zunächst nichts, das nach Bergmannsarbeit klang. Doch ich war überzeugt, dass ich sie hören musste, wenn ich nur wollte und mich ausreichend konzentrierte. Tatsächlich hörte ich irgendwann ein leises Klopfen, das mich nur umso mehr motivierte, meine Sinne zu schärfen. Von Tag zu Tag hörte ich mehr und mehr unterschiedliche Geräusche. Mein Vater war bass erstaunt, als ich ihm erzählte, was ich alles so hörte und er half mir, die Geräusche einzuordnen.«

Ich beugte mich über sie, legte mein Ohr auf ihren Bauch und spürte ihr Herz schlagen.

Luzi wuschelte durch mein Haar. »Und jetzt hat diese Geschichte dazu geführt, dass du einem kleinen Jungen das Leben gerettet hast.«

»Zumindest konnte ich ihm helfen.«

Luzi öffnete die Augen und blinzelte gegen die Sonne. Sie tastete nach meinem Gesicht, nahm es in beide Hände und dirigierte meinen Mund zu ihrem. Wir küssten uns, als wäre es das letzte Mal. Dann schloss Luzi wieder die Augen und lächelte glückselig, ohne zu lächeln.

Ich betrachtete ihre schmale Taille, bestaunte ihre flachen Bauchmuskeln und bewunderte die weichen Linien ihres sich deutlich abzeichnenden Beckens. Ich beugte mich über sie und küsste ihren Bauch. Dann erforschte meine Zunge die kleine Vertiefung ihres Nabels und allmählich auch jeden einzelnen Zentimeter Haut, der nicht von T-Shirt und Jeans bedeckt war.

Luzi quiekte.

Himmel.

Plötzlich setzte sie sich auf und betrachtete ihre Jeans. »Die ist ganz schön hartnäckig. Jedenfalls trocknet sie langsamer, als ich dachte«.

Ich nickte.

Luzi fühlte meine. »Deine ist auch nicht besser.«

»Nee«, bestätigte ich. Meine immer noch feuchte Jeans wirkte wie ein Brennglas. Es fühlte sich nicht mehr so aufregend an wie in dem Moment, als wir aus dem Becken gestiegen waren. Unterm Stoff kochte die Haut und ich wünschte mir Luft an die Beine.

»Dann lass uns rein gehen, umziehen«, schlug Luzi vor.

»Gute Idee.« Ich sah nach den Colaflaschen, die inzwischen leer waren. »Und was trinken«, ergänzte ich.

»Unbedingt.«

Luzi stand auf. Ich betrachtete sie und musste lachen.

»Was denn?«

»Schau dich an.«

Luzi sah an sich herunter, dann musterte sie mich.
»Du aber genauso.«

Es war seit ewigen Zeiten kein Regen mehr gefallen und genauso lange hatte ich den Rasen nicht mehr geschnitten. Der Ruß, der bei Westwind von Zollverein her über Katernberg niederging, hatte das Gras mit einer zarten, kaum sichtbaren Schicht feinen Kohlenstaubs überzogen.

Jetzt klebte er auf Luzis T-Shirt und zeichnete ihre Rundungen nach. Das war lustig und sexy zugleich. Bei mir sah es fast genau so aus. Nur nicht sexy.

»Echtrußbatik«, scherzte Luzi. »Wir sehen aus, wie unsere eigenen Negative«.

»Dabei sind wir eindeutig positiv«, scherzte ich.

Luzi verdrehte die Augen. Das war auch echt kein Brüller.

»Könnte man ein Geschäftsmodell draus machen«, dachte ich laut.

»Was für ein Geschäft denn«?

»Mit Kohlenstaub bedruckte T-Shirts«.

»Nicht schlecht. Fehlt noch was Pfiffiges fürs Marketing«.

»Was meinst du«?

»Irgendetwas, das Aufmerksamkeit erregt, das in den Köpfen bleibt, eine markante Grafik, ein treffender Spruch, so was«.
Auf die Schnelle viel mir nur Albernes ein. Aber nicht zu albern, um es nicht heraus zu plappern. »Wie wär's mit: ‚Cool in Coal'«.

Luzi grinste. »Du wirst es noch weit bringen«.

Wir gingen ins Haus. Luzi marschierte schnurstracks auf mein kleines Plattenregal zu und durchstöberte meine Alben. Eigentlich sollte ich Luzi doch überraschen, was sie offenbar vergessen hatte. Oder aber sie hatte es sich anders überlegt und wollte stattdessen mich überraschen. Ich wartete gespannt, welches Album sie auflegen würde. Schon nach wenigen »Ahh« und »Ohh«, von denen ich gerne gewusst hätte, wem sie gegolten hatten, war sie fündig geworden. Geschickt befreite sie das Vinyl aus Cover und Schutzhülle, jonglierte es auf die gewünschte Seite, platzierte es auf dem Teller und drückte Start. Einen Augenblick später sang Nick Drake – aber nicht ‚Pink Moon', den ersten Song der A-

Seite, sondern ‚Know', den Beginn der B-Seite, einer verwirrenden Liebeserklärung mit nur vier Zeilen.

Noch bevor ich auch nur im Ansatz darüber nachdenken konnte, ob mir Luzi mit dem Song etwas mitteilen wollte, hatte sie mich bereits abgelenkt, was ich keineswegs bedauerte. Sie hatte ihr T-Shirt ausgezogen und animierte mich, es ihr gleich zu tun. »Raus aus den Klamotten, Mic«.

Dann war sie schon bei den Jeans, hatte den Bund über die Hüften bis zu den Knöcheln hinuntergezogen und strampelte aus den Beinöffnungen heraus. Einen Augenblick später hatte sie sich auch des BHs und Slips entledigt. Vollkommen nackt stand sie da und zeigte mir ein ebenso unschuldiges wie herausforderndes Lächeln. Gebannt starrte ich sie an. Wie war die Welt bloß in der Lage, etwas so atemberaubend Schönes hervorzubringen.

Luzi griff in den Stoffbeutel, von dem ich annahm, dass er leer sei, flach, wie er war. Aber er war es nicht. Sie zog ein dünnes, blassrotes Sommerkleidchen heraus und warf es sich über. Es hatte Spaghettiträger und reichte ihr bis zur Mitte der Oberschenkel. Ich war mir nicht sicher, was ich verführerischer fand: Sie nackt zu sehen oder in diesem dünnen Kleidchen, unter dem sie nichts trug. Mir schwirrte der Kopf.

Ich zog mein T-Shirt über die Schultern, warf es von mir weg und öffnete Knopf und Reißverschluss der Jeans. Der Stoff klebte an meiner Haut und ich versuchte vergeblich herauszukommen.

Luzi half. »Streck die Beine aus.«

Ich gehorchte.

Sie ergriff den Jeansbund, zerrte die Hose energisch auf links und mir von den Beinen. Die Unterhose war mit der Jeans herausgerutscht, so dass ich nackt, mit einer ausgeprägten Erektion, vor Luzi auf dem Couchbett lag.

Nick Drake sang ‚Free ride'.

Luzi stellte sich nah neben mich an die Couch. Dann beugte sie sich über mich, stemmte ihr linkes Knie gegen meinen Oberschenkel und schwang das rechte über mich hinweg. Sie kniete genau über meiner Hüfte und sah mich an, frech, glückselig. Sie lächelte, beugte sich zu mir herunter und gab mir einen nicht enden wollenden Kuss. Ich spürte den Druck ihrer warmen Schenkel.

Dann legte sie ihre Hände auf meine Brust, drückte sich wieder auf und bewegte ihren Unterleib in kreisenden Bewegungen über meine unübersehbar in freudige Erwartung geratene Männlichkeit hinweg. Meine Hände wanderten unter ihr Kleid und erforschten ihre wundervoll weichen Brüste, die straffe Taille, ihren festen Hintern und als mir Luzis Kreise immer näher kamen, umfasste ich ihre herrlichen Hüften und folgte gebannt ihren Bewegungen. Immer wieder unterbrach Luzi dieses Spiel und beugte sich zu mir herunter, sodass ich ihren Oberköper auf meinem spüren und wir uns küssen konnten.

In einer lasziven Bewegung führte Luzi ihre Arme hinter ihren Rücken und stützte sich auf meinen Beinen ab. Dabei hatte sie ihr Becken nach vorne geschoben und den Oberkörper durchgestreckt. Er bog sich fast vor Spannung. Gerne hätte ich ihn betrachtet, aber ich hatte den Moment versäumt, ihr das Kleid über den Kopf zu ziehen, was ich aber keineswegs bedauerte. Meine Augen waren geschlossen. Ich spürte ihr Gewicht, ihre Wärme und im Geiste sah ich wie ihr Nabel, ihre Rippen, ihre Brüste dem raschen Rhythmus ihrer Atmung folgten. Unsere Scham berührte sich in immer kürzeren Abständen. Meine Begierde war kaum mehr auszuhalten. Zugleich überwältigte mich eine wundersame innere Ruhe. Wie konnte man in solch einer Situation gleichsam aufgeregt und gelassen sein, fragte ich mich, worauf ich mir jedoch keine Antwort mehr geben konnte. Es war der Moment, als

Luzi endlich nachgab, sich provokant langsam auf mir nieder ließ und wir unwiderruflich zu einem Paar wurden.

Von ‚Harvest Breed' und ‚From the morning', den letzten beiden Songs von ‚Pink Moon', hatte ich nichts mehr mitbekommen. Nick Drake hatte sich bereits verabschiedet. Der Plattenteller stand still, der Tonarm in Parkposition.

Drakes Album mochte ich schon, seit ich es das erste Mal gehört hatte. Aber nach diesem Ereignis betrachtete ich ‚Pink Moon' als eines der wunderbarsten Werke, das die Popgeschichte jemals hervorgebracht hatte.

Liebe macht durstig. Doch auf Mineralwasser und Limo hatten wir keine Lust. Im Kühlschrank lag noch eine Flasche Weißwein meiner Eltern – ein Pinot Grigio. Viel zu sauer für unseren Geschmack, wir tranken ihn trotzdem. Dazu hörten wir Musik, die wir uns gegenseitig abwechselnd auflegten. Und wenn wir nicht knutschten, quatschten wir über die Musik, die gerade lief.

Irgendwann schwirrte mir wieder die Frage im Kopf, die ich Luzi schon den ganzen Nachmittag über stellen wollte. Einen ersten Ansatz hatte ich im Keim erstickt. Es erschien mir einfach zu uncool. Daran hatte sich zwar nichts geändert, aber der Verlauf des Abends gab mir den Mut, darüber hinweg zu sehen.

»Luzi«?

»Mic«!

»Sag mal ...«.

»Ja«?

»Nach unserem ersten Zusammentreffen ..., am Kiosk ..., der Rempler ...«

»Ja?«

»Wieso ..., wieso bist du da bei mir geblieben und wieso haben wir uns wiedergesehen? Ich meine du warst, nein du bist mit

Wolf zusammen, einem Typen – ich bin nur ein stinknormaler Sechzehnjähriger«.

Kaum ausgesprochen, hatte ich es auch schon bereut. Wie uncool kann man sein, dachte ich.

Vielleicht zum ersten Mal, seit wir uns am Kiosk wiedergetroffen hatten, machte Luzi ein ernstes Gesicht.

»Mic, es ehrt dich, dass du dir diese Gedanken machst. Aber Wolf soll kein Thema sein und ich sehe dich ganz anders, als du dich selbst siehst.«

Es erschien mir gar nicht erstrebenswert zu wissen, wie Luzi mich sah – im Gegenteil. Zuviel Wissen hätte womöglich das Wunder entzaubert, das unsere Seelen zusammengeführt hatte. Doch auch wenn ich keine Erkenntnis erwartet hatte – ein wenig mehr hatte ich mir von Luzis Antwort schon versprochen.

Es entstand eine Pause. Die erste ungewollte seit wir uns am Morgen getroffen hatten, nicht unangenehm, aber seltsam. Doch sie währte nur kurz. Luzi hatte meine kleine Irritation bemerkt. Sie nahm meinen Kopf in beide Hände, sah mich mit einem mitleidigen Lächeln an und wuschelte mir wild durch die Haare.

»Ach Mic, du bist sechzehn, ja, aber das bin ich auch. Außerdem bist du ein besonderer, aber kein normaler Typ, ein stinknormaler schon gar nicht. Ich bin sehr glücklich darüber, dass ich die erste bin, die das erkannt hat. Und weißt du was?«

»Was denn«?

»Spätestens in einem Jahr siehst du das auch so.«

Den letzten Satz hatte ich zwar nicht kapiert, aber der Rest klang so klasse, dass meine Grübelei mit einem Mal verpuffte und all die dummen Selbstzweifel von mir abfielen wie überreife Früchte im ersten Sturm des Herbstes.

Kurz bevor uns vor Müdigkeit die Augen zufielen und wir kaum noch zu irgendetwas in der Lage waren, wollte Luzi unbedingt noch einmal singen. Ein ambitioniertes Unterfangen, dachte ich.

So müde, wie ich war, hätte ich weder die Gitarre richtig halten, noch den passenden Akkord finden, geschweige denn die entsprechenden Saiten treffen können. Doch auf keinen Fall wollte ich Luzi enttäuschen. Ich willigte ein und überließ ihr die Wahl.

»Norwegian Wood.«

Ich griff mir die Gitarre und zählte an. Meinen Befürchtungen zum Trotz klappte es. Auch ein fremder Zuhörer hätte den Song heraushören können, vorausgesetzt, er wäre überdurchschnittlich fantasiebegabt gewesen. Immerhin hätten seine auralen Qualen nur eineinhalb Strophen lang angedauert. Dann kam die Stelle, als mir vor Müdigkeit die Gitarre aus den Händen glitt, Luzi verstummte und wir Arm in Arm in den Schlaf versanken.

Ich schlief wie ein Fels. Als mich der Morgen wieder in die Welt zurückholte, hörte ich entfernt die Kirchenglocken schlagen. Es war bereits elf Uhr. Ich hatte die Augen noch geschlossen und dachte verwirrt an die Nacht. Was hatte ich bloß für eine wundervolle Geschichte geträumt, dachte ich zuerst und bedauerte zugleich, dass sie nur ein Traum war, ausgeträumt im Moment des Aufwachens.

Ich öffnete die Augen. Alles sah genauso aus wie im Traum. Auf dem Tisch stand eine Flasche Wein, überall verstreut lagen Platten herum und über der Stuhllehne hing eine verschlissene Jeans, die nicht meine war.

Der Platz neben mir war leer. Vielleicht war sie im Bad, dachte ich und rief ihren Namen. Aber sie antwortete nicht. Ich stand auf und suchte sie im Garten – vergeblich. Dann fiel mir ein, dass sie sicher Brötchen holen würde. Ich machte frischen Filterkaffee, nahm mir einen Becher und setzte mich auf die Bank vor der Laube. Nachdem eine halbe Stunde vergangen und Luzi immer noch nicht zurückgekehrt war, wollte ich nach ihr suchen. Ich ging zurück in die Laube, stellte die Tasse ins Spülbecken und schnappte mir die Chucks. Zum Hineinschlüpfen wollte ich mich auf den Stuhl setzten, auf dem Luzi ihre Sachen abgelegt hatte. Die Jeans hing auch noch über der Lehne, aber der Stoffbeutel, den sie auf der Sitzfläche abgelegt hatte, war weg. Klar, den brauchte sie zum Brötchen holen. Stattdessen lag dort die Plattenschutzhülle des Albums, das wir zuletzt aufgelegt hatten: ‚Timeless Flight' von Steve Harley & Cockney Rebel. An einer Stelle, wo die Lyrics etwas Platz freigaben, hatte Luzi eine Nachricht hinterlassen. Sie war mit Kugelschreiber geschrieben und sah aus wie ein zusätzlicher Songtext. Ich nahm die Hülle vom Stuhl.

Lieber Mic,
es war ein herrlicher Tag mit Dir,
und eine wunderschöne Nacht.
Danke für dieses Glück.
Es wird mich immer begleiten.

Aber es war ein Fehler,
Dir Hoffnungen gemacht zu haben.
Ein Fehler, den ich bedaure,
für den ich mich entschuldigen möchte.

Auch wenn Du es nicht verstehen wirst,
nicht verstehen kannst,
ich muss es Dir schreiben:
Wir werden uns nicht wiedersehen.

Das hat nichts mit Dir zu tun,
überhaupt nichts. Wirklich.
Bitte glaube mir.

Doch bald schon werde ich Essen verlassen

und fortziehen, sehr weit fort, zu weit für uns.
Jeder Tag, den wir uns bis dahin sähen,
würde unsere Herzen beschweren,
den Abschied unerträglich werden lassen.

Auch wenn es Dir wie Hohn erscheint,
auch wenn Du es nicht verstehen wirst:
Du findest andere Mädchen.
Nein, die Mädchen finden Dich,
denn alle suchen nach Dir.

Du wirst Deinen Schmerz überwinden,
und vielleicht kannst Du mir irgendwann verzeihen.
Das hoffe ich für Dich - ~~und für mich~~.
Ich wünsche Dir alles Schöne, Liebe, Gute.

Luzi

Monument

Keine Ahnung, wie oft ich Luzis Abschiedszeilen gelesen hatte. In jedem Satz, in jedem Wort suchte ich die ausgestreckte Hand, die überlesene Formulierung, die das Gemeinte ins Gegenteil verkehrte. Aber da war nichts. Nichts, das Anlass für Interpretationen zuließ, und nichts, das auch nur den kleinsten Zweifel an ihrer Entscheidung rechtfertigte. Sie meinte alles genau so, wie sie es aufgeschrieben hatte.

Gekränkt zerriss ich die Hülle, warf die Schnipsel achtlos auf den Boden und schmiss mich auf die Couch. Gelähmt blieb ich liegen bis zum Abend. Weder war ich in der Lage, auch nur einen einzigen Gedanken zu Ende zu denken, noch irgendeiner Minute des gestrigen Tages etwas Schönes abzugewinnen. Nicht das ich grundsätzlich lebensmüde gewesen wäre – ich war zwar erst sechzehn, doch so weit reichte mein Erkenntnishorizont, dass mir in meinem Leben noch eine Menge Schönes widerfahren würde – lebensmüde aber in diesem Moment, den ich am liebsten getilgt hätte aus meinem Dasein. Und wie gerne hätte ich die Zeit, die in grausamer Langsamkeit verstrich, um einen Tag, nein, eine Woche, besser, einen Monat, oder noch besser, ein Jahr vorstellen wollen – wenn das mal gereicht hätte.

Vollkommen erschöpft und ohne dass ich zwischendurch aufgestanden war, schlief ich ein noch bevor es dunkel geworden war.

Am Morgen wachte ich mit einem ausgewachsenen Kater auf. Es war nicht so, dass ich getrunken hatte – nein, neben mir lag eine schwarze Katze, die vor lauter Wohlbefinden ungeniert vor sich hin schnurrte. Ich hatte die Laubentür aufstehen lassen. Im

Vorratsschrank stand noch eine Dose Cornedbeef, die ich ihr, zusammen mit einem Schälchen Milch, auf der Terrasse servierte. Es brauchte nur einen Augenblick, schon sprang der unverhoffte Gast auf, schlich miauend um meine Füße herum und nahm meine Einladung zu dem kleinen Frühstückssnack bereitwillig an.

Mein eigenes Frühstück bestand aus einer Tasse Kaffee, die ich frisch zubereitete. Während ich darauf wartete, dass das Wasser durch den Filter suppte, sah ich die im Raum verteilten Schnipsel der Plattenhülle herumliegen. Meine Katzenfürsorge hatte meine eigenen Sorgen für fünf Minuten überspielt. Mit den Schnipseln war ich wieder bei Luzi, wieder in meiner Seelenpein. Jetzt tat es mir leid, dass ich Luzis letzte Nachricht zerrissen hatte. Ich sammelte alle Schnipsel wieder auf, legte sie in mühevoller Puzzlearbeit aufs Genauste aneinander und montierte sie mit transparenten Klebestreifen zu etwas Neuem zusammen – zu einem Monument von einer Plattenschutzhülle. Doch Platten passten nicht mehr hinein. Sie war bereits zum Bersten gefüllt mit Selbstmitleid.

Ich setzte mich auf die Bank vor der Laube und schlürfte am heißen Kaffee. Vor mir lag die Wiese mit den niedergedrückten Grashalmen von vorgestern. Ich holte den Rasenmäher aus dem Schuppen, schnitt den Rasen auf die kürzest mögliche Länge und tilgte damit die Erinnerung an unser ganz spezielles Gartenfest. Danach bedauerte ich meinen Aktionismus.

Noch einmal ging ich Luzis Zeilen durch. Die Plattenhülle brauchte ich dazu nicht bemühen. Ich kannte bereits jedes einzelne Wort auswendig. Aber es änderte sich nichts an meiner Einschätzung. Jeder Satz war geradeheraus formuliert und hatte eine unmissverständliche Aussage. Nur drei Zeilen kapierte ich nicht, genau so, wie Luzi es vorausgesehen hatte.

Du findest andere Mädchen.
Nein, die Mädchen finden Dich,
denn alle suchen nach Dir.

Was sollte das? Was sollte ich damit anfangen? In der Quintessenz waren das nur nett gemeinte Worte, ohne jede Substanz, geschrieben, um mir den Abschied zu erleichtern. Doch nette, aber leere Worte hatte ich von Luzi nicht erwartet, die hätte sie sich sparen können.

Mein Blick auf Luzi hatte sich verändert. Plötzlich sah ich sie nicht mehr als die personifizierte Offenbarung, welche sie wenige Stunden zuvor für mich noch gewesen war. Es war überhaupt nicht einzusehen, warum ich ihr Verhalten einfach so akzeptieren sollte.

Außerdem würde es mir keine Sekunde auch nur ein kleines bisschen besser gehen, nur weil ich mir wünschte, dass die Zeit schneller verging – selbst dann nicht, wenn sie meinem Wunsch entsprochen hätte. Ich musste etwas tun, aktiv werden, musste die Zeit für mich nutzen. Vielleicht würde ich irgendeinen Hinweis auf eine nachvollziehbare Erklärung herausfinden. Auch, wenn diese schmerzhaft sein sollte, wäre es für einen Funken Gewissheit die Sache wert, dachte ich.

Ich fuhr nach Bredeney. Aber Luzi hatte nie ihren Nachnamen genannt. Vielleicht aus Absicht, vielleicht aus Zufall – ich hatte meinen ja auch nicht erwähnt. So zog ich von Haus zu Haus, studierte die Klingelschilder und glaubte an meinen Erfolg. Aber auf welchem Klingelschild stehen schon die Vornamen von Töchtern und Söhnen. Außerdem gab es eine Menge Häuser in Bredeney, auch viele schicke Villen und manchmal gab es nur Klingeln, aber keine Schilder mit Namen. Die einzige realistische

Möglichkeit, Luzi wiederzusehen, wäre also ein zufälliges Zusammentreffen auf der Straße gewesen. Ich hielt das für wahrscheinlicher, als es in Wirklichkeit war.

Eine Woche dauerte meine Bredeneyer Odyssee, dann hatte ich mir die Sinnlosigkeit meines Unterfangens eingestanden. Vielleicht lebte Luzi schon gar nicht mehr in Essen. Sie hatte ihren Vater erwähnt, der oft nach Rüsselsheim musste und das – ich weiß nicht mehr genau, wie sie es formuliert hatte – ›bald womöglich für immer‹. Nicht auszuschließen, dass sie schon umgezogen waren. Doch diese Variante missfiel mir derart, dass ich sie augenblicklich aus meinen Gedanken verbannte.

Ich war aktiv geworden, aber erfolglos geblieben und fühlte mich erbärmlich. Außerdem hatte ich einen neuen Begleiter: Selbstmitleid. Es fehlte nicht viel und ich hätte zum Vorbild des ‚Ritters der traurigen Gestalt von Essen Katernberg' getaugt.

Wieder ein neuer Morgen und wieder hatte die Sonne einen großzügigen Tag erwischt. Der Pott kochte, und ich hatte Lust auf ein Eis. Die Zeit nach Luzi hatte ich kaum etwas gegessen und mein Appetit auf die erfrischende Gaumenfreude erschien mir wie ein erster kleiner Lichtblick. Vielleicht würde ich nun Schritt für Schritt heraustreten aus dem Seelenschatten, den Luzi über mich geworfen hatte, wieder zurück ins Leben finden und die mein Urvertrauen erschütternde Enttäuschung, die schwerer wog als der Schmerz, allmählich überwinden. Vielleicht stand mit der wiedergefundenen Lust auf ein Eis auch meine Wiedergeburt bevor, hoffte ich und machte mich auf den Weg zum Kiosk.

Auch von hinten erkannte ich ihn sofort. Wolf. Er stand direkt vor mir, breitbeinig, in seinem typischen Outfit aus Jeans, T-Shirt und Stiefeln. Bevor ich auch nur einen einzigen Gedanken darauf verwendet hatte, wie ich agieren, wie ich reagieren sollte, packte er Zigaretten und Kaugummi zusammen, drehte sich um und wir standen uns Auge in Auge gegenüber.

»Mic«, raunte er genervt.

»Hi, Wolf.«

Auf dieses Zusammentreffen hätten wir beide gerne verzichtet. Ich wahrscheinlich mehr noch als Wolf – zumindest sofern ihm Luzi nichts verraten und er keine Ahnung von uns beiden hatte. Andernfalls wäre es sicher ungemütlich geworden. Aber es war wie es war, und keiner schien den anderen ignorieren zu wollen. Und eines war klar: Wenn ich auch nur das Geringste über Luzi erfahren wollte, musste ich mit ihm reden. Niemand wusste mehr über sie, und vielleicht war Luzi Wolf gegenüber weniger geheimnisvoll gewesen, was ihre Zukunftspläne betraf. Außerdem konnte es sein, dass Luzi noch mit ihm zusammen war und mir nur ein Märchen aufgetischt hatte. Allerdings hatte ich ihr so viel Gemeinheit nicht zugetraut. Ich musste ihn dazu bringen, sein Wissen mit mir zu teilen, auch wenn ihm kaum der Sinn danach gestanden haben dürfte. Mir war nur vollkommen schleierhaft, wie Wolf Informationen zu entlocken waren, ohne ihn stutzig werden zu lassen.

Er hatte sich neben dem Abfalleimer positioniert und hielt die soeben erworbene Schachtel Stuyvesant in der Hand. Mich dabei fixierend, riss er die Packung auf und schlug sie gegen sein Handgelenk. Nachdem ein paar Filter ihre Köpfe zeigten, hielt er sie mir vor die Brust.

Ich schüttelte den Kopf. »Thanks.«

Wolf nickte. Er zog die Schachtel zurück, führte sie zu seinem Mund und zog die am weitesten hervorlugende Kippe mit den Lippen heraus. Gleichzeitig hantierte er mit dem Sturmfeuerzeug herum. Klack. Bewundernswert lässig entfachte er das

Feuer, das er in epischer Geste zur Zigarette führte. Ein kräftiger Lungenzug schenkte ihr das glühende Leben. Den ersten Qualm blies er mir ins Gesicht. Es war mir egal. Bei jedem weiteren Zug kniff er die Augen zusammen, schaute gedankenschwer in die Ferne und schwieg. Falls er überhaupt reden wollte, hatte er keine Eile damit.

Ich beneidete ihn. Denn trotz der Bürde, die gewiss auch er zu tragen hatte, wirkte er abgeklärt, als wüsste er Bescheid über die Dinge des Lebens und den ganzen Rest. Er war ganz bei sich, wie es schien, aber seine Coolness hätte auch täuschen können. Bedächtig zog er an der Kippe, aschte auf den Boden und schaute mich an, mit einem bisher nicht gekannten, ziemlich mürrischen Gesichtsausdruck. Außerdem hatte er etwas diffus Bedrohliches an sich und je länger seine Sprachlosigkeit andauerte, desto nervöser wurde ich. Die Stimmung erinnerte an die berühmte Ruhe vor dem Sturm, auch wenn es keinen konkreten Anlass zur Sorge gab, außer meinem sehr wohl konkreten Unbehagen. Denn sachlich betrachtet war nicht Wolf das Problem, sondern ich. Ich mit meinem schlechten Gewissen, gegen das ich nichts ausrichten konnte, obwohl es, rational betrachtet, unbegründet war. Doch was war schon rational in dieser Sache?

Im Krieg und in der Liebe ist alles erlaubt, hatte mir mal mein Ekelonkel (den ich so nannte, weil er eklig war) väterlicherseits erklärt. Das ist offenkundiger Unsinn. Nichts als ein Freibrief, der unverantwortlichem Handeln Vorschub leistet und Unentschuldbares entschuldigen soll. Ich brauchte keine auf solch einer billigen Weisheit basierende Rechtfertigung. Ich hatte nichts Schlimmes getan. Schlecht fühlte ich mich trotzdem.

Ich wollte die Situation lösen, irgendetwas sagen, Wolf irgendetwas fragen. Aber außer Fragen zu Luzi wollten mir keine anderen einfallen. Vielleicht, dachte ich, sollte ich mich nach seinem Befinden erkundigen ›Na Wolf, wie läuft's denn so …?‹, vielleicht noch ergänzt durch ›mit der Liebe‹? Doch das wäre gehässig gewesen und geholfen hätte es niemandem. Denn wenn Luzi die Wahrheit geschrieben hatte, und davon war ich überzeugt, war auch Wolf einsam und ein ebenso leidender Kerl wie ich es einer war.

Langsam bemerkte ich, dass Wolf ein wenig eingebüßt hatte von seiner Ich-bin-der-Boss-Attitüde. Von Luzi wahrscheinlich verlassen und ohne die Gang an seiner Seite, fehlte seinem Blick die unbekümmerte Selbstgewissheit des verschlagenen Draufgängers.

Und plötzlich war er da, der gesuchte Gedanke, der Einstieg ins Gespräch.

»Was macht die Gang?«, polterte ich heraus.

Eine gefühlte Ewigkeit betrachtete Wolf die zwischen seinen Fingern klemmende Kippe. Dann sah er mich an, bemüht um ein Lächeln, das wie in Zeitlupe erwachte, kurz einfror und dann wieder in Schlaf versank.

»Ist ein Platz frei geworden«, antwortete er schließlich, wendete seinen Blick von mir ab und betrachtete wieder die Kippe.

Hatte mir Wolf soeben den Platz von Luzi angeboten, oder interpretierte ich das vollkommen falsch. Die Zugehörigkeit zur Wolf-Gang war für Jungs, die nach Anerkennung und Kameradschaft suchten, sicher ein erstrebenswertes Ziel. Auf meiner persönlichen Prioritätenliste stand sie nicht weit entfernt von Windpocken in der Pubertät. Trotzdem fühlte ich mich geschmeichelt.

Es war vollkommen logisch, wer die Gang verlassen hatte, etwas anderes hielt ich für ausgeschlossen. Aber Wolf zu fragen, wessen Platz ich hätte einnehmen können, das traute ich mich nicht. Dafür erschien er mir zu unberechenbar in seiner

Passivität. Da ich Luzi aber unbedingt ins Spiel bringen wollte, versuchte ich es über Umwege.

»Müsste ich mich durch eine Mutprobe beweisen, wie ein Novize?«

Wolf überlegte kurz. »Nein, du hast dich schon bewiesen. Aber es gibt eine neue Aufnahmebedingung.«

»Dann werde ich sie erfüllen.«

»Kannst du nicht.«

Ich verstand nicht, wie er das meinte, und zog die Augenbrauen hoch.

»Kein Junge kann sie erfüllen.«

»Weil sie unerfüllbar ist oder weil du sie dazu machst!?«

»Du hörst mir nicht zu, Mann. Weil du kein Mädchen bist.«

Das hatte gesessen. Ich war unaufmerksam und meine Frage überflüssig gewesen. Aber da war sie, die Gewissheit: Auch die Gang hatte Luzi verloren und es wäre einem Wunder gleichgekommen, wenn es Wolf nicht ebenso ergangen wäre. Trotzdem hielt ich es für ungeschickt, Luzi bereits zum Thema zu machen und reagierte mit einer Plattitüde.

»Machbar ist vieles.«

»Was meinst du?«

»Zum Beispiel verkleiden und so tun als ob …«

»Teufel«, schrie Wolf. »Bist du pervers, oder was?«

Ich hätte mir in den Arsch treten können. Auch wenn es witzig gemeint war – wie konnte ich in solch einer Situation dermaßen unsensibel reagieren. Immer wieder passierte mir das. Das letzte Mal, als ich Luzi kennenlernte und mir eine unüberlegte Bemerkung zu dem Mann ohne Hand leistete. Ein Wunder, dass sie mich nicht für einen Vollidioten gehalten und einfach stehen gelassen hatte.

Ich schämte mich und hielt die Klappe.

Wolf war wieder in sich gekehrt, wirkte geistesabwesend, als wäre er von einem zum anderen Moment in Schlaf versunken. Ich hoffte, dass seine Abwesenheit nicht auf meine Bemerkung zurückzuführen war und versuchte, mit vorgetäuschtem Interesse für die Gang seine Aufmerksamkeit zurückzugewinnen.

»Muss es denn ein Mädchen sein?«

Wolf hob den Kopf, kniff die Augen zusammen und war sofort wieder da.

»Unbedingt«, antwortete er. »Bevor Luzi zu uns stieß, waren wir eine Bande ungehobelter, sich prügelnder Raufbolde. Sie hat uns so etwas wie Bandenehre vermittelt. Nicht so lehrer-schülermäßig, einfach dadurch, dass sie da war. Du erinnerst dich an deinen Kampf. Ohne Luzi hätten wir dich niemals so gehen lassen, ich meine, ohne dich ein bisschen zu quälen, selbst wenn du den Kampf gewonnen hättest. Wir hätten dich auf jeden Fall vertrimmt, egal was vorher gewesen wäre.«

Ich konnte mit das gut vorstellen und nickte.

»Es muss einfach wieder ein Mädchen sein, ist echt gut für den Haufen.«

Dass Wolf so viel an einem Stück reden konnte, war mir neu – bisher hatte er es jedenfalls noch nicht. Aber entscheidend war nicht die Menge seiner Worte, und auch wenn es vorher schon klar war: Zum ersten Mal hatte er Luzi erwähnt. Er wurde fast zutraulich, so wie er jetzt redete. Das ging schneller als erwartet und ich wagte mehr, zunächst jedoch mit einer eher unverfänglichen Frage.

»War sie denn bei allen angesehen, ich meine, kamen alle mit ihr aus, hatte sie keine Gegner?« Immerhin war sie die Frau vom Boss, ein Umstand, der leicht zu Feindseligkeiten und Neid hätte führen können.

»Doch, am Anfang schon«, erklärte Wolf. »Aber dann hatte sie einen nach dem anderen um den Finger gewickelt und danach nur noch Fans. Außerdem störte die Jungs weniger Luzis Worte oder Taten, sondern dass sie kein Junge war. Aber das ließ sich nun mal nicht ändern und war bald kein Thema mehr.«

Das war nicht schwer zu verstehen.

»Mhh«, machte ich.

»Was?«

»Wenn es so gut lief – warum hat sie dann die Gang verlassen?«

»Weil ..., es ging nicht anders.«

Ich tat so, als würde ich es nicht verstehen. »Ist irgendwas passiert?«

Wolf schaute mir in die Augen, ernst und mit Wut im Blick.

»Was geht's dich an?«, fauchte er.

»Sorry, schon gut, will's gar nicht wissen«, log ich und hoffte, Wolf damit zu besänftigen.

Wieder studierte Wolf seine Kippe. Nach einer Weile war sie ihm einen weiteren Lungenzug wert. Dann blickte er auf, blies mir abermals den Qualm ins Gesicht und sagte die entscheidenden Worte: »Es ging nicht anders, weil ..., weil sie nicht mehr meine Puppe ist.«

Offensichtlich litt Wolf wie ein Hund. Anders war nicht zu erklären, dass er es aussprach, ausgerechnet mir gegenüber, wenngleich er dieses eine kleine nicht unwesentliche Detail, nämlich dass er der Verlassene war, unterschlug. Doch das war egal und auch verständlich. Denn einer wie Wolf erzählt nicht, dass er verlassen wurde, weil einer wie Wolf verlässt.

Jetzt, dachte ich, wäre alles möglich. Jetzt würde ich mehr über Luzi erfahren, sofern mir kein weiterer Aussetzer unterlief.

»Scheiße«, kommentierte ich.

Wolf starrte ins Leere.

»Kommst du klar?«, fragte ich überstürzt.

»Hör zu, Kleiner! Ich brauch‘ kein Mitleid, schon gar nicht von dir.«

Wolf hatte recht. Wir waren keine Freunde und ich war zu persönlich geworden. Ich hatte überzogen, mich in eine Sackgasse manövriert und überlegte, wie ich da wieder herauskommen sollte. Tatsächlich kam mir eine Idee.

»Ne Kippe ... würde doch eine nehmen.«

Wolf guckte mich ungläubig an. »Einen solch vernünftigen Satz hätte ich von dir nicht erwartet.«

Wir nahmen beide eine und Wolf hatte auch das Zippo schon bei der Hand. Er führte die Flamme derart weihevoll vor unsere Kippen, dass es der archaischen Preisung eines mythischen Feuergottes nahekam. Ich zog wie ein Mann – kräftig und auf Lunge. Doch ich war kein Raucher und sofort überwältigte mich ein kaum zu unterdrückender Hustenreiz, den ich, mit Tränen in den Augen, dennoch unterdrückte. Wolf bemerkte es nicht oder tat wenigstens so. Ich bohrte weiter.

»Siehst du sie noch?«

Wolf schüttelte den Kopf.

»Schade.«

»Ja, aber nicht, weil sie nicht will.«

‚Sondern?‘, brauchte ich nicht zu fragen. Erstens hatte Luzi die Antwort in ihren Zeilen an mich schon gegeben, zweitens wäre ich damit wieder zu direkt gewesen.

»Klingt nach einem technischen Problem«, sagte ich.

»Ist eins.«

Langsam war ich mir nicht mehr sicher, ob mir Wolf überhaupt weiterhelfen konnte. Alles was ich von ihm bisher erfahren hatte, wusste ich bereits aus Luzis Abschiedsbrief. Aber ich wollte nichts unversucht lassen, bis ich mir sicher war.

»Ein technisches Problem kann man lösen.«

»Wäre es zu lösen, hätte ich es gelöst.«

»Logisch ..., wenn du Hilfe brauchst ...«

»Spiel dich mal nicht so auf, Mic. Das Problem Katernberg / Glasgow ist nicht zu lösen.«

Da war sie – die erste neue Info. Das also meinte Luzi mit ›sehr weit fort, zu weit für uns‹. Ich war erschüttert. Eine einzige Information genügte, um mir den kümmerlichen Rest meiner noch verbliebenen Illusionen zu nehmen. Glasgow: Luzi, Luzi, Luzi, was machst du nur in Glasgow, fragte ich mich und die Frage ließ mich nicht mehr los. Sie kreise in meinem Hirn umher, bis es nur noch diese Worte kannte: »Luzi, was machst du nur in Glasgow?«

»Bist du bescheuert?«, hörte ich Wolf von weit entfernt. Ich brauchte einen Moment, bis ich realisierte, dass er direkt vor mir stand. »Wie ..., ähh, was meinst du?«

»Hörst du dir manchmal zu, wenn du redest?«

Mist, ich musste die Worte laut vor mich hingeplappert haben und Wolf war nicht blöd. Ich hatte keine Zeit nachzudenken, brauchte eine spontane Erklärung.

»Ich mochte Luzi.«

»Jetzt pass mal auf mein Freund. Die Gang interessiert dich einen Scheiß, und ich bin dir ebenso egal, da musst du mir nichts vormachen. Aber das spielt keine Rolle. Ich weiß, dass du scharf auf Luzi bist, das sieht ein Blinder mit Krückstock. Und weißt du was ...?«

Wolf stellte die Frage rein rhetorisch, der Dramatik wegen und obwohl sie mich beunruhigte, tat ich ihm den Gefallen und antwortete.

»Was denn?«

»Das verstehe ich. Luzi ist ‚ne heiße Braut. Da kann man schon mal Stielaugen kriegen. Das ist okay. Bin ja kein Unmensch.« Wolf grinste gequält. »Aber Bürschchen ..., sollte ich herausfinden, dass ihr nicht nur Eis geschleckt habt, dann gnade dir Gott.«

Wolfs Sicht auf die Dinge war klar, nachvollziehbar und fair. Ich nickte verständnisvoll.

Eine Weile noch ließ Wolf seine Worte wirken, danach war er aufgeräumter und zugänglicher als zuvor.

»Du hast keine Ahnung, stimmt's?«

»Ich dachte, ihre Eltern wären nach Rüsselsheim gezogen – wegen Opel.«

»Sind sie auch.«

Das war schwer zu begreifen. »Ihre Eltern sind in Rüsselsheim?«

»Sie haben mit dem Umzug nur so lange gewartet, bis Luzi ihre eigene Bude hat.«

Ich begriff immer weniger.

»Im Ernst? Ihre Eltern wohnen in Rüsselsheim und Luzi in Glasgow?«

»Exakt.«

Das konnte und das wollte ich nicht verstehen.

»Wie kann das sein? Luzi ist erst 16.«

»Fast 17.«

»Meinetwegen. Aber was, zum Teufel, macht ein fast 17-jähriges Mädchen alleine in Glasgow?«

Wolf nahm einen langen Zug und blies mir den Qualm nicht ins Gesicht. Diesmal war ich darauf eingestellt.

»Studieren.«

»*Studieren*«, rief ich ebenso laut wie ungläubig. Das war ungefähr so realistisch wie eine Meisterschaft von Wattenscheid 09 in der Fußball-Bundesliga. Es klang dermaßen absurd, dass ich nur noch laut loslachen konnte. Es musste geklungen haben, als wäre ich soeben dem Beelzebub persönlich begegnet. »Du verarschst mich doch.«

Wolf schüttelte den Kopf.

»Dafür braucht man Abitur.«

»Fürs Verarschen?«

»Ach, komm schon.«

»Na, sie hat's halt.«

»Abitur?«

»Wovon sprachen wir?«

Ich kapierte das nicht.

»Hättest du doch merken müssen?«

»Was?«

»Dass Luzi ‚ne Superschlaue ist.«

»Hab' ich«, antwortete ich, unwahrheitsgemäß.

Sicher war mir aufgefallen, dass sie nicht auf den Kopf gefallen war. Aber das war nie ein Thema gewesen und mir wurde bewusst, wie wenig ich Luzi kannte und wie sehr ich das bedauerte.

»Aber das mit dem Abi, – das wusste ich nicht.«

Wolf schenkte mir einen mitleidigen Blick. Vermutlich weniger, weil er mich bedauerte, sondern vielmehr, weil er mich für einen naiven Nichtsmerker hielt.

»Manche haben's eben drauf, manche nicht. Luzi hat's.«

Ich nickte. Mir fielen Luzis Nachhilfestunden ein. Ich war der Annahme, Luzi würde sie nehmen, dabei war sie es, die Stunden gab – ›alle Fächer, außer Sport‹, hatte sie gesagt. Ich schämte mich dafür, dass ich es so falsch verstanden hatte. Und Wolf war nicht ihr Lehrer, sondern ihr Schüler – sie hatte erwähnt, dass sie Wolf bei der Nachhilfe kennengelernt hatte.

»Aber Glasgow ... Wieso?«

Eigentlich hatte Glasgow als Stadt in Schottland, für mich keine größere Bedeutung als – was weiß ich – Reykjavík auf Island oder Perth in Australien. Aber in diesem Moment betrachtete ich Glasgow wie das aus Stein errichtete Symbol meiner

Enttäuschung, das Synonym für etwas unerreichbar weit Entferntes. Jeder nicht auf der britischen Insel liegende Ort, von Kopenhagen bis Wien, war leichter zu erreichen und hätte einen Schimmer Hoffnung in sich getragen.

»Ihr Stipendium ist an die Uni gekoppelt.«

Dass Luzi ein Stipendium erhalten hatte, war kaum noch verwunderlich. »Und was studiert sie?«

»Nun, sie könnte wohl deine hübsche Visage flicken, nachdem ich sie in der Mangel hatte. Vergiss nicht: Ich mach dich fertig, wenn ...«

Wolf betrachtete mich eindringlich. Sein Blick bohrte sich in mich hinein, immer tiefer, bis er mein Gewissen traf und ich verschämt zu Boden sah.

Dann prüfte er seinen Glimmstängel auf Ergiebigkeit. Aber die Glut hatte bereits den Filter erreicht und eine weitere Zigarettenlänge stand mir offenbar nicht zu. Er schnippte mir die Kippe vor die Füße, grinste fies und schlenderte davon, ohne auch nur ein weiteres Wort zu verlieren.

Ich schaute ihm nach. Irgendwann hob er den rechten Arm zum Abschied. Dann sah ich den ausgestreckten Mittelfinger. Er hatte mich durchschaut, fürchtete ich.

Meine Kippe war ausgeglüht, ohne dass ich einen weiteren Zug genommen hatte. Ich warf sie in den Rinnstein und ging zurück zur Laube.

Wieder betrachtete ich Luzis Abschiedszeilen. Und mit einem Mal hatte ich das Bedürfnis, ihr zu antworten, selbst wenn sie meine Zeilen niemals zu lesen bekäme. Sie hatte mir ihre Abschiedsworte als Gedicht aufgeschrieben und in Form eines Gedichtes wollte ich ihr antworten.

Kohlenstaub (Diamanten)

Nick Drake mit Dir zu hören
Hanf mit Dir zu pflanzen
Auf nichts mit Dir zu schwören
Blues mit Dir zu tanzen

Gott mit Dir zu suchen
Gras mit Dir zu rauchen
Laut mit Dir zu fluchen
Mit Dir abzutauchen

Quatsch mit Dir zu reden
Ein Lied mit Dir zu wagen
Einen Schatz mit Dir zu heben
Sex mit Dir zu haben

Tags mit Dir zu träumen
Nichts mit Dir versäumen
Nachts zu Dir zu beten
Ist der Wille des Planeten

Aquarell (1993)

Eine Ewigkeit quälte ich mich durch nicht enden wollende Unterrichtsstunden. Drei Jahre nach Luzi baute auch ich das Abitur, ohne Ehrenrunde, dafür mit nur mäßigem Erfolg. Wie ich die notwendigen Punkte zusammen bekam, ist mir bis heute schleierhaft und wohl nur meiner einzig wirklichen Fähigkeit zu verdanken: Ausdauer. Nicht ohne Grund bin ich unermüdlich in die Laufschuhe gehüpft und stundenlang durch die Gegend gerannt, sobald Luzis Macht meine Ohnmacht zu werden drohte. Topfit durch Liebeskummer.

Im ersten Schuljahr nach Luzis Abschied bekam ich genau *nichts* auf die Reihe und wahrscheinlich hatte man mich die Stufe nur aus Mitleid nicht wiederholen lassen, derart bejammernswert war meine Gestalt in der Elf.

In der Zwölf hatte mich Luzi weniger im Griff, dafür störte Marion meine schulischen Ambitionen. Zumindest die lustigen Monate, bevor mir zu sehr bewusst wurde, dass Marion, die Arme, zwar ein tolles Mädchen, aber eben nicht Luzi war. So blieb mir Luzi auch in der Zwölf erhalten.

Die Dreizehn habe ich als großes Rauschen in Erinnerung behalten. Ich hatte meine erste Band. Die Jungs waren cool und es machte Freude, etwas auf die Beine zu stellen. Da wir nicht nur den Proberaum, sondern auch die eine oder andere kleine Bühne rockten, ohne von derselben verjagt zu werden, feierte ich Leistung und Anerkennung auf außerschulischer Ebene. Manchmal wollten auch Mädchen gefeiert werden. Da stand ich nicht im Weg. Viel Spaß also in der Dreizehn, auch ohne Freundin und mit weniger Luzi als in den beiden Jahren zuvor.

Meiner Begabung folgend schrieb ich mich für das Studium des Bergbauingenieurwesens in Bochum ein. Doch bald schon haderte ich mit meiner Wahl. Eigentlich galt meine Leidenschaft der Musik und mittlerweile beherrschte ich die Gitarre und nicht mehr die Gitarre mich. Außerdem wurde mir zunehmend bewusst, dass mein zukünftiges Arbeitsleben hauptsächlich von der Bewältigung der Ewigkeitslasten bestimmt sein würde, aber keinesfalls mehr vom klassischen Bergbau, auf dessen Faszination meine Studienwahl gründete. Trotzdem brachte ich es zu Ende, halbwegs erfolgreich sogar. Doch arbeitete ich keinen einzigen Tag als Bergbauingenieur. Die nicht unrealistische Aussicht, von der Musik leben zu können, hatte mir die Absage an die Ausübung meines soeben durch ein Diplom beurkundeten Berufes maßgeblich erleichtert.

Ich war Gitarrist und Texter einer Band, die ich selber ins Leben gerufen hatte. Vier Jahre lang probten wir fast täglich, spielten auf etlichen Festivals und gleich das erste Album landete in allen möglichen Charts. Es folgten ungezählte Konzerte in meist proppevollen Hallen. Niemals hatten wir mit dem Wohlwollen so vieler Menschen gerechnet. Das war 1988.

In den folgenden Jahren hatte der anhaltende Erfolg die Richtigkeit meiner Entscheidung bestätigt. Mein Interesse für den Bergbau ähnelte immer mehr dem eines liebgewonnenen Kindheitshobbys, dem man, seinem ersten Trainingsanzug ähnlich, längst entwachsen war.

Bereits zu Beginn des Studiums war ich von zu Hause aus- und in eine Studenten-WG eingezogen. Danach folgten noch eine Musiker-WG und eine Singlewohnung. Inzwischen lebte ich mit

Fleur in einer Altbauwohnung in Rüttenscheid, dem urbanen Stadtteil Essens, der Musikern schon damals eine bestens ausgestattete Infrastruktur an Kneipen, Clubs und Bühnen zu bieten hatte.

Von der WG-Zeit abgesehen war es das erste Mal, dass ich mit einer Frau zusammengezogen war. Bisher boten nur kurze Beziehungen und zahlreiche Affären wenig Substanz für partnerschaftliche Statements räumlicher Art.

Fleur stammte aus Amsterdam, ein holländisches Meisje also, mit blauen Augen, ja, doch kastanienbraunem Teint und von einem samtigen Schimmer durchzogenen, schwarzen Haar, was auf die europäisch-asiatische Liaison ihrer Großeltern zurückzuführen war. Der Opa Niederländer, die Oma Indonesierin.

Nachdem Fleur bereits ein Tanzstudium in Holland absolviert hatte, studierte sie noch Jazzgesang an der Folkwanghochschule in Essen-Werden. Sie sang ebenso göttlich, wie sie tanzte und war, außer in von Eifersucht geplagten Phasen, immer guter Dinge. Schon als ich sie das erste Mal sah, war ich überwältigt, was in dieser Intensität, seit Luzi nicht mehr vorgekommen war.

Ich war auf der Suche nach einer weiblichen Stimme für die anstehenden Aufnahmen unseres neuen Albums. Ein Freund hatte mir von einer außergewöhnlichen, aber noch unbekannten Sängerin erzählt. Ich nutzte einen ihrer kleinen Clubauftritte im ‚Bahnhof Süd', um mir eine eigene Meinung zu bilden. Ihr Repertoire bestand aus den gewöhnlichen Standards des ‚Great American Songbook', aber der Rest, den sie den Zuhörern bot, war alles andere als gewöhnlich. Nur begleitet von Kontrabass und Minimalschlagzeug improvisierte sie weit über die Vorgaben hinweg. Dieses Improvisationsvermögen war für sich schon beeindruckend genug, doch nichts im Vergleich zu ihrer Stimme, die den Auftritt zu einem Fest werden ließ. Kräftig, selbstbewusst und empfindsam war ihr Ton, der mühelos Raum und Seelen füllte. Mit Leichtigkeit erlangte sie Aufmerksamkeit. Alle hörten zu, niemand quatschte blöd rum, wie sonst üblich in den Clubs. Dazu führte sie mit dem linkischen Charme jugendlicher Unbekümmertheit durch den Abend. Und auch äußerlich hatte die Natur sie nicht gerade vernachlässigt, meine singende Ballerina.

Jedenfalls war ich hin und weg, und nachdem das Konzert beendet war und sich die Stimmung etwas beruhigt hatte, sprach ich sie an. Obwohl mittlerweile um einige Erfahrungen reicher, was die Anbahnung weiblicher Kontakte anging, kam ich mir vor wie ein sehnsuchtsgeplagter Teenager vor dem ersten Klammerblues mit der angehimmelten, aber ahnungslosen Herzdame.

»Das war toll. Möchtest du etwas trinken?«

»Danke, das ist nett von dir, aber Getränke sind in der Gage enthalten«, antwortete sie in ihrem hinreißend niederländischen Akzent.

Ich kam mir nicht nur vor, wie ein verunsicherter Teenager, ich verhielt mich auch so. Zum Glück hatte ich die Kurve schnell gekriegt. Fleur war tatsächlich angetan von meinem Angebot. Dabei hatte sie überhaupt keine Ahnung, wie unsere Mucke klang und schon gar nicht, wer ich war, obwohl ich als Musiker bereits bekannt war, wie ‚Ente' Lippens als Fußballer. Vor den Studioaufnahmen schaute sie ein paar Mal zu den Proben vorbei und irgendwann, nach einer langen Session, landete sie bei mir zu Hause, wo sie dann auch blieb.

Sie war 23, ich 33 Jahre alt. Meine anfängliche Befürchtung, der Altersunterschied könnte Probleme bereiten, erwies sich als unbegründet. Doch wurden wir bald darauf mit Lebensumständen konfrontiert, die uns aus anderen Gründen umso stärker herausforderten.

Eines frühherbstlichen Nachmittages stand nämlich Lilly vor der Tür. Jedenfalls nannte sie sich so, was weniger ein Problem war, als vielmehr ihre Behauptung, dass sie Luzis Tochter sei und von nun an bei mir wohnen werde. Ich brachte kein einziges Wort heraus und bat sie lediglich durch die Geste des Türaufhaltens herein.

Sie wuchtete ihren Rucksack in eine Ecke des Flurs, baute sich breitbeinig und mit in die Hüften gestemmten Fäusten vor mir auf und konstatierte: »Du also bist mein Vater!«

Sie sagte das rein sachlich, ohne Freude, Vorwurf oder Enttäuschung in der Stimme. Gleich darauf legte sie die Stirn in Falten und erkundigte sich nach meinem Wohlbefinden. »Bist du okay?«

Mein spontan aus den Angeln gehebeltes Selbstverständnis muss mehr als offensichtlich gewesen sein. Tatsächlich war ich paralysiert. Es war eine Situation, wie ich sie mir unwahrscheinlicher kaum hätte vorstellen können. Chaos im Kopf, totale Verwirrung. So viele Gedanken wollten gleichzeitig gedacht werden, dass ich letztlich keinen einzigen denken konnte. Sie waren wie Seifenblasen, die immer in dem Moment platzten, in dem ich sie zu fassen versuchte. Zurück blieben nur dieselben, immer wieder aufblitzenden Schlagworte: Luzi – Mutter, Lilly – Tochter, ich – Vater. Wolf.

Ich brauchte einen Augenblick, bis ich mich halbwegs gefangen hatte und antwortete. »Ähh …, ja, ja.«

Auch wenn Lilly das Temperament Luzis hätte geerbt haben können, erkannte ich äußerlich keine auffälligen Mutter-Tochter-Ähnlichkeiten. Lilly war ein zartes, feingliedriges Wesen, robust zwar im Auftreten, doch von eher feenhafter, beinahe ätherischer Gestalt. Möglicherweise deshalb setzte sie mit ihrer Kleidung einen deutlichen Kontrapunkt dagegen. Ihre Beine steckten in schweren Schnürstiefeln, ein schwarz-rot-grün gemusterter Schottenrock reichte ihr bis knapp zu den Knien und über einem grasgrünen T-Shirt beschützte sie eine grobe, schwarze Lederjacke. Ihr schulterlanges braunes Haar war stufig frech geschnitten. Selbst mit bestem Willen war es mir unmöglich, Luzi in ihr zu entdecken. Und wo ich mich in ihr versteckt haben sollte, erschien mir erst recht schleierhaft.

»Möchtest du etwas trinken? Wasser?«

Lilly nickte.

In der Küche zog ich zwei Stühle zurecht, stellte Gläser und eine Flasche Wasser auf den Tisch und setzte mich zu ihr.

»Und ...«, sagte sie herausfordernd und betrachtete die Flasche.

»Sorry«, sagte ich und schenkte ein.

Während sie an ihrem Wasser nippte, musterte sie mich offensiv. Doch lag keine kühle Provokation in ihrem Blick, wie ich es im ersten Moment meines Unbehagens empfunden hatte – Skepsis sehr wohl. Keiner Schuld bewusst, fühlte ich mich ertappt.

Wenn sie wirklich Luzis Tochter ist, dachte ich, hatte sie mich nicht ohne Grund aufgesucht, ganz gleich ob ich ihr Vater war, oder nicht. Den Gedanken, dass ich es tatsächlich hätte sein können, hielt ich für absurd.

»Und du bist Luzis Tochter?«

»Ja, sagte ich bereits. Und du mein Vater.«

»Ja, sagtest du bereits.«

Es entstand eine Pause, in der wir uns wieder nur ansahen. Sie wirkte kein bisschen verlegen, was zu Luzi gepasst hätte. Ich sah in ihre noch immer skeptisch dreinblickenden Augen, doch hatte sie jetzt die Brauen hochgezogen, womit sie eine Nuance

Wohlwollen oder zumindest Neugier zu erkennen gab. Jedenfalls interpretierte ich das so. Vielleicht war diese Einschätzung auch nur eine meinem Harmoniebedürfnis geschuldete Wunschvorstellung, doch half sie mir, mich in die Situation einzufinden.

Lilly wirkte ernst, sehr ernst. Es war offensichtlich, dass sie etwas bedrückte. Trotzdem bemerkte ich, sehr weit entfernt, ein vages, eigentlich nur zu erahnendes und offenbar ihrem inneren Wesen entspringendes Leuchten. Plötzlich rotierte der Vatergedanke in mir. Unmöglich, ihn nicht zu denken und noch unmöglicher, ihn zu verdrängen. Wenn Lilly Luzis und auch meine Tochter war, überlegte ich, warum tauchte sie dann ausgerechnet jetzt bei mir auf – siebzehn Jahre nachdem ich Luzi das letzte Mal gesehen hatte? War das nicht ein Zeichen dafür, dass ich als potentieller Vater überhaupt keine Rolle gespielt hatte in ihrer beider bisherigen Leben, was Lilly allerdings kaum zu verantworten hatte? Und was ist mit Luzi? Hätte sie ihre Tochter nicht begleiten sollen? Erst recht zum ersten Treffen mit einem ihr vollkommen fremden Mann, selbst wenn dieser Mann ihr Vater sein mochte? Warum war Lilly alleine unterwegs? Warum wollte sie bei mir wohnen? Eine mögliche Erklärung war, dass Lillys Auftauchen weniger mit mir, als vielmehr mit ihrer Mutter zu tun hatte.

»Möchtest du mir erzählen, was los ist?«

Lilly nickte. Doch anstatt zu erzählen, verschränkte sie die Arme vor der Brust und stierte auf die Tischplatte. Zwischen ihren Augen hatte sich eine, für ein 16jähriges Mädchen, viel zu tiefe Furche gebildet. Und immer wieder biss sie sich mit den Schneidezähnen auf die Unterlippe. Ich bedauerte sie für das, was sie so sehr bedrücken musste. Gleichzeitig spürte ich, wie sich mein Magen zusammenzog und es mir den Hals zuschnürte. Auch ich hätte kein Wort über die Lippen bringen können.

Irgendwann hob sie den Kopf: »Mama ist …«, schaffte sie nur zu sagen, dann sank sie schluchzend in sich zusammen. Tränen liefen ihr über das Gesicht und ich fragte mich, wie ich ihr helfen konnte, ohne sie mit meiner eigenen Beklemmung noch mehr zu belasten. Als ihr Vater hätte ich sie in den Arm nehmen und trösten können. Aber als Fremder?

Ich stand auf und legte behutsam meine Hand auf ihren Kopf. Sie rutschte heran und lehnte sich an mich. Nachdem sie sich beruhigt hatte, löste sie sich wieder und sagte Sätze, die ein junger Mensch nicht gezwungen sein sollte, aussprechen zu müssen.

»Es war ein Unfall. Sagt man. Aber das verstehe ich nicht. Das ist doch kein Unfall, wenn man durch einen Anschlag getötet wird. Oder? Sie waren sofort tot. Sagt man. Mama und ihre Begleiter. Ich hoffe, es stimmt.«

Hatte ich das wirklich gehört. Hatte sie das wirklich gesagt? Obwohl Lilly ihre Worte klar und unmissverständlich ausgesprochen hatte, hoffte ich, sie missverstanden zu haben. Irgendwie traute ich den Worten nicht. Nicht weil ich sie für unwahr hielt. Eine derart gehässige Lüge hätte ich weder Lilly noch sonst jemandem zugetraut. Nein, ich misstraute ihren Worten, weil sie kaum zu ertragen waren. Sie waren wie Alien, aus einer anderen Welt.

Ein solches Unglück war undenkbar, unmöglich, hier in unserem sicheren Wohlstandsleben. Aber was wusste ich schon vom Leben? Ich, der in seiner Musikerblase äußerst bequem eingerichtete und sich auf ewigem Egotrip befindliche Tagedieb. Und was wusste ich schon von Luzi, von ihrem Leben? Ich wusste gar nichts und vor mir saß ein Mädchen, das meine Hilfe benötigte – ob Tochter oder nicht, das spielte keine Rolle.

Ich setzte mich wieder. »Ein was ...«, fragte ich. Die Vorstellung über das Geschehene war derart erschreckend, dass mir der Mut fehlte, das Wort auszusprechen.

Lilly reagierte nicht.

»Wie kann das ..., ich meine, wie ist das möglich?«

Lilly sah mich an. »Mama hat Verwundete im Jugoslawienkrieg behandelt.«

Ich nickte und schwieg.

Lilly sah zum Fenster. Ein traurig leerer Blick.

Eine Weile saßen wir so beieinander – regungslos, schweigend. Irgendwann legte ich meine Hand auf ihre. Sie lächelte zaghaft.

»Ist sie ..., war sie Ärztin?«

Lilly nickte. »Chirurgin.«

Ich goss Wasser nach, trank aber nicht. Lilly nippte.

Ich weiß nicht mehr, wie lange wir uns so gegenübersaßen, bis Lilly aufsah und zögerlich begann, Luzis und ihre Geschichte zu erzählen. Die Geschichte einer jungen Mutter mit ihrem Kind.

Sie war noch nicht besonders weit gekommen, da unterbrach sie sich bereits. Erstaunt erklärte sie mir, dass sie bis gerade eben etwas für selbstverständlich gehalten hatte, von dem ihr beim Erzählen erst bewusst wurde, dass es überhaupt nicht selbstverständlich war. Nämlich ihre Wahrnehmung, dass ihr Luzi alle Zeit der Welt geschenkt hatte und immer für sie da war. Zumindest so lange Lilly noch klein und Luzi in keine humanitären Missionen involviert war.

Eigentlich unwahrscheinlich, dass es so gewesen sein kann, wie Lilly es erinnerte. Denn für eine 17jährige Studentin, die, alleine in einem fremden Land, Mutter wird, ist das sicher keine leichte Aufgabe gewesen, überhaupt Zeit für ihr Kind aufzubringen. Aber aus Lillys Wahrnehmung konnte man bedenkenlos schließen, dass Luzi Lilly eine behütete Kindheit beschert hatte. Dafür musste sie gewaltige Energien aufgewendet und persönliche Bedürfnisse hintenan gestellt haben.

In ihrer Glasgower Zeit, erzählte Lilly, hatte es einen netten älteren Mann an Luzis Seite gegeben. ‚Jamie war zehn Jahre älter als Luzi', betonte sie.

Ich nahm an, dass der ‚ältere Mann' wohl noch keine 30 gewesen war.

Später in Hamburg und dann in Berlin hatte Luzi keine Beziehungen. Lilly schloss das aus der Tatsache, dass sie beide mit keinem Mann zusammenwohnten. Dass das nichts zu bedeuten hatte, wollte ich ihr nicht erklären – das musste ihr selbst klar gewesen sein.

Egal wovon Lilly berichtete, in ihren Erzählungen gab es etwas, das immer mitschwang, das allgegenwärtig war: ihr über allem schwebendes Empfinden, wie abgöttisch Luzi sie geliebt haben musste. Erst am frühen Abend, nachdem ihr erschöpft die Augen zufielen, versiegten ihre Worte allmählich.

Ich bereitete ihr das Gästezimmer.

Als Fleur von einer Probe nach Hause kam, erklärte ich ihr die Situation. Sie zeigte zwar Verständnis für Lillys Lage, machte mir aber eine heftige Szene für mein offensichtlich außer Kontrolle geratenes Lotterleben von früher. Jeder Erklärungs-, jeder Beschwichtigungsversuch meinerseits provozierte nur umso hitzigere Reaktionen ihrerseits. Da wir die Situation nicht eskalieren lassen wollten, schon gar nicht vor dem potentiellen Familienzuwachs nebenan, beschlossen wir, unsere Diskussion zu vertagen.

Am nächsten Morgen war ich früh auf. Fleur schlief noch, Lilly auch, wie ich vermutete. Ich hatte mir vorgenommen, das

Frühstück vorzubereiten, und hoffte auf ein gemeinsames Kennenlernen bei Kaffee und Marmeladentoast. Als ich die Küche betrat, sah ich den Briefumschlag auf dem Tisch liegen. Ein Post-it klebte darauf.

Erkunde die Gegend.
Bringe Brötchen mit.
Lilly

Auf dem Umschlag stand ‚Für Mic' geschrieben. Ich öffnete ihn und zog mit blauer Tinte beschriebenes Briefpapier heraus.

Lieber Mic,
vielleicht ist es falsch, Dir zu schreiben, vielleicht ist es richtig – ich weiß es nicht. Doch Dir nicht zu schreiben fühlt sich irgendwie verkehrt an.

Ich hoffe, es geht Dir gut, wenn Du diesen Brief liest, auch wenn ich inständig hoffe, dass Du ihn niemals in den Händen halten wirst. Denn wenn Du ihn liest, ist etwas geschehen, das eigentlich nicht geschehen sollte. Ich wäre nicht mehr da, könnte nicht mehr helfen, weder den Kranken und Verletzten noch Lilly, meiner Tochter.

Mir sind die Gefahren bewusst, denen ich mich aussetze. Aber ich kann nicht anders. Das ist meine Berufung. Das ist mein Leben. Und schließlich kommen die meisten meiner Kollegen unbeschadet wieder zurück.
Dennoch muss ich mich mit dem gegenteiligen Fall auseinandersetzen. Schließlich bin ich mal nicht alleine auf der Welt. Ich trage Verantwortung für Lilly – und sollte mir etwas geschehen, bevor Lilly erwachsen ist – auch über meine Zeit auf Erden hinaus. Nur kann ich meiner Verantwortung dann nicht mehr gerecht werden. Deshalb muss sie jemand anderes für mich übernehmen. Eine Zumutung, ich weiß. Aber eine akzeptable, glaube ich.

Mic, Du ahnst es schon. Ich schreibe Dir, weil ich weiß, dass Du Dich der Verantwortung stellen wirst. Du wirst es vielleicht schon deshalb, weil Lilly alleine ist und Hilfe benötigt. Sicher auch, weil Lilly meine Tochter ist. Und erst recht würdest Du Dich kümmern, wenn Lilly auch Deine Tochter wäre. Selbstverständlich würdest Du das. Und ich wünschte, es wäre so. Ich wünschte, Lilly wäre deine Tochter. Aber diese Gewissheit kann ich Dir nicht geben. Es tut mir leid, Mic. Ich weiß es selber nicht.

Ich muss damals eine schmerzhafte Erfahrung für Dich gewesen sein – scheinbar überstürzt, wie ich die Stadt verlassen habe. Ohne befriedigende Erklärung. Ohne Verabschiedung. Ohne Rücksicht. Aber es war alles schon lange geplant und ich traute mich nicht, es Dir zu erklären. So cool war ich dann auch wieder nicht.
Meine Schwangerschaft kam überraschend. Niemals hatte ich damit gerechnet. Aber ich akzeptierte sie und ging meinen Weg, genau so, wie ich es mir vorgenommen hatte, mit Lilly an meiner Seite.
Lilly ist in Glasgow geboren worden. Sie liebt Schottland über alles. Ich hätte sie beinahe verloren, als wir wegen meiner ersten Stelle nach Hamburg ziehen mussten und sie sich auf das Heftigste dagegen wehrte, so sehr fühlte sie sich ihrer schottischen Heimat verbunden. Kleiner Dickkopf. Keine Ahnung von wem sie den hat. Smiley. Außerdem ist sie extrem selbständig für ihr Alter. Auch das liegt wohl in der Familie. Aber unabhängig von einer genetischen Disposition: Sie hatte auch keine Wahl, bin ich doch seit ihrer Geburt ständig mit irgendwelchen Angelegenheiten beschäftigt.

Seit unserem ‚Liederabend' hatte ich gehofft, Dich irgendwann einmal auf einer Bühne zu sehen. Sicher, Du hättest auch Deinem Interesse für das Innere der Erde folgen können. Aber ich habe mir eingebildet, dass Dich Deine Leidenschaft für die Musik zum Musiker werden lässt. Der Mic-macht-Musik-Gedanke hat mir immer so sehr gefallen. Ich bin ausgeflippt vor Freude, als ich Dich das erste Mal im Fernsehen gesehen und anschließend Dein Album rauf und runter gehört habe.

Ein paar Jahre später war ich mit Lilly sogar bei Eurem Waldbühnenkonzert. Als Ihr ein paar Tage vor dem Auftritt wieder einmal im Fernsehen zu sehen wart, hatte ich Lilly erklärt, dass der Mann mit der Gitarre ein Freund von früher sei. Lilly war zwölf und mächtig stolz auf mich. Wir wohnten inzwischen in Berlin und ich kannte jemanden, der uns den Zugang zum Presseraum unmittelbar vor der Bühne verschafft hatte. Zum Konzert hatte Lilly einen Teddy mitgebracht, den sie Dir direkt vor die Füße warf. Du hast ihn sofort aufgehoben. Lilly war total glücklich. Schön war das.

Ich blickte auf. Luzi und Lilly habe ich damals nicht bemerkt, aber tatsächlich konnte ich mich an den Moment erinnern. Ich war erst etwas sauer, weil der Teddy sich zwischen zwei Effektgeräten eingeklemmt und deren Bedienung behindert hatte. Da ich kurz vor einem Solo stand, hatte ich gerade noch Zeit ihn zu befreien und auf meine Monitorbox zu setzen. Ich kann nicht sagen warum – aber entgegen der üblichen Gepflogenheit, Wurfgeschenke zu sammeln und Bedürftigen zu spenden, verstaute ich den Teddy in meinem Gitarrenkoffer. So kam er nach Essen und wacht seitdem oben auf dem Probenraumkühlschrank über unseren Bierkonsum. Jedes Türenöffnen begleitet er mit seinem wohlwollenden Teddybrummen.

Lilly glaubt, dass Du ihr Vater bist. Anders hätte ich sie nicht auf diese Situation vorbereiten können. Sie weiß auch, dass Du nichts von ihr weißt und dass ich es so wollte. Solltest Du ein Problem mit der Vaterrolle haben, wäre das sehr verständlich. Aber es wäre auch sehr großherzig, wenn Du Lilly das nicht spüren ließest.
Das ist viel verlangt, ich weiß. Aber Lilly ist unschuldig und hat ein behütetes Erwachsenwerden verdient. Und bedenke: Vielleicht bist Du es doch – ihr Vater.
Mic, ich weiß, dass ich mich auf Dich verlassen kann.

Wegen damals – das tut mir wirklich leid. Und auch wenn es seltsam klingen mag: Ich habe Dich immer an meiner Seite gespürt. Das ist keine Heuchelei, um Dich wegen Lilly gnädig zu stimmen. Es ist einfach so. Es war die ganze Zeit so. Du wirst Dich fragen, warum ich Dir solche Dinge verrate, warum ich Dich nicht kontaktiert habe, wenn es doch so war. Aber warum hätte ich das tun sollen? Was hätte es gebracht? Wir haben unsere eigenen Leben, unsere eigene Zukunft mit unseren eigenen Partnern, die wiederum ein Recht haben auf ihr Leben, ihre Zukunft, mit ihren Partnern – uns.
Nein, ich verrate es Dir, weil es mir ein Bedürfnis ist. Das mag egoistisch klingen, ist es wohl auch. Aber es tut gut, solche Dinge in einem Brief niederzuschreiben. Und in diesem Zusammenhang missfällt mir der Gedanke, dass Du ihn vielleicht doch einmal lesen wirst, gar nicht mehr so sehr.
Sollte es tatsächlich so kommen, dann bin ich nicht nur nicht mehr da, dann gibt es leider auch niemanden an meiner Seite, der sich um Lilly kümmern könnte.
Bevor ich begonnen habe diese Zeilen zu schreiben, fühlte ich mich mutig, stark und unsterblich. Als ich sie dann zu schreiben begann, verlor sich mein Mut ein wenig. Immer wieder musste ich mich meiner Vernunft besinnen, dass der Brief notwendig ist, dass es keine Alternative zu ihm gibt. Dann, während des Schreibens, wich das Rationale einer sehr realen Melancholie. Und immer wieder musste ich mir versichern, dass das Eintreten des den Briefes begründeten Ereignisses, statistisch eher unwahrscheinlich ist.
Doch für den angenommenen Fall, dass dieses unwahrscheinliche Ereignis dennoch eintreten sollte, hat mir das Schreiben dieser Zeilen eine überraschend beglückende Gewissheit beschert: Die Gewissheit, dass Lilly ein liebevolles Zuhause haben wird. Dafür, lieber Mic, kann ich Dir nicht genug danken.

Bis Lilly auf eigenen Füßen steht, werdet Ihr nur wenige Jahre miteinander verbringen. Ich wünsche Dir / Euch von Herzen, dass Ihr diese Zeit einmal als ein kleines, beglückendes Wunder in Erinnerung behalten werdet.

Deine Luzi, im Himmel

Noch eine Weile hielt ich Luzis Zeilen in den Händen. Je länger ich sie betrachtete, desto unleserlicher wurden sie. Sie verloren an Kontur, lösten sich auf und flossen in blassblauen Schlieren zu einem maritim anmutenden Aquarell zusammen.

Luzi. Sie hatte mich gepackt. Wieder einmal. Überwältigt von Trauer, Wut und ja, Verbundenheit, warf ich den Brief auf den Tisch, riss ein Küchentuch von der Rolle und wischte mir die Tränen aus dem Gesicht.

Groupie

In den ersten Wochen nach Lillys Ankunft kreisten ihre Gedanken ausschließlich um ihre Mutter. Immer wieder suchte sie in Gesprächen mit mir, mit uns, nach Erklärungen und Trost. Auch ich befand mich in einer Endlosschleife andauernden Angedenkens. Lillys ausgeprägter Gesprächsbedarf half nicht nur ihr.

Eigentlich kamen Lilly und Fleur gut miteinander aus. Jedenfalls Lilly mit Fleur. Umgekehrt – na ja. Es funktionierte irgendwie. Die neue Situation war nicht nur eine Herausforderung, sie kam zu einem nicht gerade günstigen Zeitpunkt. Fleur und ich waren erst ein paar Monate zuvor zusammengezogen. Anstatt ein unbeschwertes Leben als frisch verliebtes Paar zu genießen, hatten wir uns um einen sechzehnjährigen Teenager zu kümmern, wenngleich das eigentlich keine besondere Herausforderung darstellte, da Lilly, wie von Luzi vorausgesagt, ihr Leben in beeindruckend selbständiger Art und Weise meisterte. Trotzdem wirkte ihr bloßes Dasein wie eine Provokation auf Fleur. Manchmal war sie schlicht überfordert. Der geringe Altersunterschied – Lilly 16, Fleur 23 – trug sicher ebenso wenig zu einer Entschärfung der Situation bei wie die Tatsache, dass mir mit Lilly ein zweifelsohne ansehnliches Persönchen an die Seite gestellt wurde, wofür ich nichts konnte, was Fleur aber ganz anders sah.
Trotzdem gaben wir uns alle große Mühe, damit es gelang. Und es gelang, nicht perfekt, lange nicht perfekt, aber es gelang irgendwie. Dafür bewunderte ich Fleur, die trotz ihrer gelegentlichen Eifersuchtsmomente, keinen Zweifel an der Aufrichtigkeit ihrer Fürsorge aufkommen ließ.

Doch ohne Lillys Sensibilität für die zerbrechliche Zartheit unserer kleinen Gemeinschaft wären wir gescheitert – trotz besten Willens. Denn Lilly hatte schnell ein Gespür dafür entwickelt, wie viel Beistand und Geborgenheit sie erwarten konnte, ohne dass Fleurs Bedürfnisse deswegen in Gefahr gerieten. So blieben Fleurs wenig hilfreiche Eifersüchteleien seltene Ausnahmen. Dass diese sowieso jeder Grundlage entbehrten, wusste sie selbst am besten. Kämpfen musste sie trotzdem.

Ebenso erkannte Lilly die schwierigen Phasen, wenn es zwischen Fleur und mir zu knirschen begann. Sie erkannte sie eher als wir. Stunden, manchmal schon Tage vorher zog sie sich zurück, war sie weniger präsent, was der angespannten Stimmung den Druck nahm.

Ich weiß nicht, ob wir das Ganze unbeschadet hätten überstehen können, wenn Lilly nur sich gesehen, wenn sie keine Rücksicht auf uns genommen hätte. Ich fürchte, wir hätten unsere Streitigkeiten bis zur unwiderruflichen Eskalation getrieben. Aber wir sind immer noch ein Paar. Dafür bin ich dankbar. Lilly und Fleur. Beiden.

Bei allen Schwierigkeiten, die uns Lillys Anwesenheit beschert hatte – missen wollten wir sie auf keinen Fall. Ihr unverhofftes Auftauchen hatte unser Leben durcheinandergewirbelt, aber es hatte uns auch geerdet. Das Musikerleben war lässig und cool, aber auch unstet, und mit Lilly kam ein Element hinzu, von dem wir vorher nicht ahnten, wie sehr wir uns nach ihm sehnten – dem Geerdetsein.

Unglaublich, wie ich das alles mochte. Doch quälte mich regelmäßig ein Gedanke, für den ich mich derart schämte, dass ich ihn immer dann, wenn er gedacht werden wollte, aus der Welt zu drängen versuchte.

Ich mochte Lilly, nein ich liebte sie, sehr sogar. Vor allem liebte ich sie dafür, dass sie Luzis Tochter war. So gerne hätte ich sie auch als Vater geliebt. Aber meine Vaterschaft war unklar, was mich stärker beeinflusste, als ich es wahrhaben wollte. Schließlich kam auch Wolf als Lillys Vater in Frage und es gelang mir nicht, mein damit einhergehendes Befremden auszublenden. Das hatte nichts mit Lilly zu tun. Meine Gefühle für sie waren wahr und aufrichtig. Aber waren es auch Vatergefühle? Abgesehen davon, dass ich Vatergefühle bisher nicht erlebt hatte – konnte ich dieses Gefühl unter diesen Umständen überhaupt von mir erwarten? Erwartete es überhaupt irgendjemand von mir?

Natürlich spielte ich mit dem Gedanken eines Vaterschaftstests. Aber die Vorstellung bereitete mir Unbehagen. Ich fragte mich, was ein solcher Test bewirken würde. Würde die Gewissheit meiner Vaterschaft meine Liebe zu Lilly vertiefen? Wäre das überhaupt möglich? Würde meine Beziehung zu Lilly väterlicher werden bei einem positiven Test? Und wenn er negativ ausfiele, was wäre dann? Würde ich Lilly vielleicht weniger lieben? Und wenn es so käme, wie sollte ich damit umgehen? Sollte ich sie etwa wieder wegschicken? Absurd. Außerdem hätte ich mich sowohl Lilly als auch Luzi gegenüber als Verräter gefühlt. Schließlich hatte mir Luzi nicht nur zugetraut, eine gewaltige Verantwortung zu übernehmen – vor allem hatte sie mir größtmögliches Vertrauen geschenkt. Nach all den vielen Jahren ohne Kontakt. Unmöglich, das zu enttäuschen.

In einem Vaterschaftstest lag die Lösung nicht. Nein, ich musste Wolf loswerden, durfte mich nicht länger fragen, ob ich *mich* oder *Wolf* in Lilly sah.

Und doch gab es diese besonderen Momente des Vaterseins. Als einmal eine weiche Herbstsonne die Wohnung in goldenes Licht tauchte und ich gedankenverloren dabei zusah, mit welcher Konzentration Lilly ihre Schulaufgaben bewältigte, da war sie so sehr meine Tochter, dass mir mein Hadern und Zaudern plötzlich vollkommen grotesk erschien.

Irgendwann erkannte ich: Alle meine durch Wolf repräsentierten Zweifel waren nichts anderes als das Gift meines eigenen Stolzes, meiner eigenen Eitelkeit.

Lilly habe ich diesen Konflikt nie spüren lassen, hoffe ich.

Nachdem ein paar Wochen vergangen waren, schien Lilly das Thema Luzi mehr und mehr mit sich selbst ausmachen zu wollen. Immer seltener sprach sie bedrückt und traurig über sie, immer öfter lebendig und in bunten Bildern. Immer seltener zog sie sich in ihr Zimmer zurück, immer öfter verließ sie für lange Spaziergänge das Haus und schließlich fand sie sogar Gefallen an ihrer neuen Schule. Der Unterricht fiel ihr leicht, ebenso wie das Gewinnen neuer Freunde.

Irgendwann kam sie gespielt cool, aber merklich stolz aus der Schule nach Hause. Ein Lehrer hatte begeistert reagiert, als er erfahren hatte, wessen Tochter sie war. Für Lilly war es nichts Besonderes, dass man mich kannte und erkannte, aber die Begeisterung des Lehrers hatte eine Erinnerung in ihr wachgerufen. Ihre einzige an Luzi und mich gemeinsame.

»Lebt der Teddy eigentlich noch?«, fragte sie mich.

Ich lächelte.

»Kann ich ihn sehen«?

»Sicher, bei der nächsten Probe.«

»Echt, was spielt er denn?«

»Schlagzeug. Von oben.«

»Von oben?«

»Von unten geht ja nicht.«

»Stimmt. Ist ja logisch.«

»War ein Scherz.«

»Ach.«

»In Wahrheit singt er.«

»Nee, is klar.«

»Wir lieben seinen Teddybärenwohlfühlbass.«

Lilly fühlte meine Stirn. »Eijajei.«

»Was denn?«

»Das Teddybärenweichspülsyndrom.«

Ich liebte unsere Momente der Albernheit. Und da wir gerade in der Stimmung waren, schlug ich Lilly vor, der Probe einen kleinen Ausflug vorzuschalten. Einen Ausflug, der Lillys Mutter-Teddy-Vater-Erinnerung um die Geschichte eines Ortes ergänzte.

Am Nachmittag des nächsten Tages fuhren wir nach Katernberg. Es war inzwischen Spätherbst, die Luft kühler geworden und die Bäume hatten ihr buntes Blätterkleid längst abgeworfen. Nur vereinzelte braune Reste wehrten sich gegen den unvermeidlichen Verfall und hingen einsam im kahlen Astgewirr.

Lilly trug wieder Lederjacke, Schottenrock und Schnürstiefel, dazu einen schwarzen Pulli und Strumpfhosen im zum Rock passenden Grün.

Hinterm Tresen stand immer noch derselbe Typ und er sah auch immer noch genauso aus wie vor siebzehn Jahren, nur dass jetzt ein goldgestelliges Ungetüm von Brille sein ohnehin schon wenig vorteilhaftes Gesicht verunstaltete.

Ich kaufte Lilly Cornetto Erdbeer, mir Happen und erzählte ihr von Luzi. Und von mir. Als ich erwähnte, wie uns der Mann mit der fehlenden Hand viele süße Kinder wünschte, grinste sie verschmitzt. Gleich darauf lief ihr eine Träne übers Gesicht, die ich ihr sanft von der Wange wischte. Sie umarmte mich einarmig – das Cornetto.

Von weit her hörten wir das Grollen eines schweren Motorrads. Es kam rasch näher und blieb direkt hinter unseren Rücken stehen. Man hörte Schlüssel klimpern, Helme klappern und den Stützfuß auf den Boden schlagen.

Dann passierte etwas, womit ich niemals gerechnet hätte. Plötzlich stand Wolf neben uns. So wie ich ihn, erkannte er auch mich sofort. Augenblicklich war mir mulmig zumute, fürchtete ich um mein Geheimnis, dem Wolf beim Anblick Lillys hätte auf die Spur kommen können.

Er hatte ein paar irrelevante Kilo zugelegt. Sein Haar war schütter geworden, dafür trug er jetzt einen Fünftagebart und wie schon früher Cowboystiefel, Jeans und über einem blau karierten Flanellhemd eine abgewetzte Jeansjacke.

»Ja schau mal an, wen haben wir denn da?«

Ich sah zu Lilly. »Hast Du hier irgendwo einen Säugling gesehen?«

Wolf lächelte, sagte aber nichts. Er schenkte mir kaum Beachtung, Lilly dafür umso mehr. Er musterte sie ungeniert, studierte sie förmlich, als könne sein Blick ihren genetischen Code entschlüsseln. Jeden Augenblick, fürchtete ich, würde die Katastrophe über uns hereinbrechen. Eigentlich idiotisch meine Sorge, wusste Wolf doch von rein gar nichts. Trotzdem erschien es mir nicht ausgeschlossen, dass er Ähnlichkeiten zwischen Lilly und Luzi erkennen könnte. Wenn es so käme, was dann? Welche Entwicklung würde unsere Geschichte nehmen? Ich wollte es mir gar nicht erst ausmalen. Doch gab es ein noch weitaus bedrückenderes Szenario, das ich mir noch viel weniger ausmalen wollte: Wie würde sich unser Dasein verändern, falls Wolf sich *selbst* in Lilly entdeckte. Das erschien mir zwar wenig wahrscheinlich, aber nicht unmöglich. Trotzdem ein brenzliger Moment, der mich mehr als nur beunruhigte. Normalerweise hätte Wolf keine Ähnlichkeiten in Lilly erkennen können, weder mit Luzi noch mit sich selbst – es waren einfach keine vorhanden, zumindest nach *meiner* Einschätzung. Aber wenn ich mich täuschte, wenn ich Ähnlichkeiten einfach nicht sehen wollte, weil mir die Angst vor einer potentiell schmerzhaften Wahrheit die Augen verschlossen hatte? Wie auch immer ich die Sache betrachtete – übrig blieben einige mehr als ausreichend gute, beziehungsweise schlechte Gründe, die Anlass zur Sorge boten. Aber ein kleiner Funken Hoffnung, gespeist aus der Tatsache, dass Wolf überhaupt keine Ahnung hatte, bewahrte mich zumindest vor unüberlegten Panikreaktionen.

Nach einer gefühlten Ewigkeit des Lilly-Anstarrens verschränkte Wolf die Arme vor der Brust und betrachtete mich grimmig:

»Heißer Feger, Mic. Aber du brauchst doch keine dich anhimmelnden Groupies mehr, oder? Die sind außerdem viel zu jung für dich. Du musst mal erwachsen werden.« Dann wandte er sich an Lilly. »Hast du auch einen Namen, kleine Schönheit?«

»Warum willst du den wissen?«, antwortete Lilly zurückhaltend, aber freundlich.

»Nun, Mic hat uns nicht vorgestellt und ich bin jungen Damen gegenüber gerne höflich.«

»Das hörte sich gerade anders an«, entgegnete Lilly.

Mit einer Handbewegung wischte Wolf Lillys Einwand fort.

»Ach, das war doch nur Spaß.«

»Na gut, wenn du es sagst. Ich heiße Lilly.«

»Lilly«, wiederholte Wolf. Er hatte das Grimmige abgelegt, wirkte jetzt fast zugewandt und freundlich. »Du gefällst mir, Lilly.«

Lilly lächelte. »Und wie heißt du?«

»Wolf. Ich bin Wolf.«

Seinen Blick weiter auf Lilly gerichtet sprach er mich an.

»Einen solchen Schatz an meiner Seite – das könnte auch ich mir vorstellen. Ich würde sie dir abnehmen, Mic.«

Offensichtlich wusste Wolf über meinen Werdegang Bescheid – was gerade keine Rolle spielte –, über Luzis sicher nicht. Auch wenn seine Ahnungslosigkeit mein Glück war, war es dennoch schwer zu ertragen, wie er über Lilly sprach. Und obwohl ein riesiger Stein mein Gewissen beschwerte, machten mich Wolfs Äußerungen wütend.

»Mir Lilly abnehmen? Du weißt doch, wo man Frauen findet, wenn man welche sucht.«

Lilly stieß mich an.

Wolf grinste.

Ich wunderte mich selbst über meine pubertäre Art und erwartete eher keine freundliche Reaktion Wolfs, der nicht nur die Arme vor der Brust verschränkt, sondern sich auch noch breitbeinig wie John Wayne vor mir aufgebaut hatte.

»Ganz schön mutig, Mic. Ich wette, du bereust es schon.«

»Ganz bestimmt nicht.«

»Du glaubst also, dass du mir ungestraft einen solchen Ratschlag geben kannst?«

»Ist ja bereits geschehen.«

»Ja, und das war nicht besonders nett von dir. Aber eine angemessene Entschuldigung würde dich vor unangenehmen Konsequenzen bewahren.«

»Umgekehrt, würde ich sagen, wird ein Schuh draus.«

»Wie meinst du …?«

»Lilly erwartet *deine* Entschuldigung.«

Wolf wandte sich an Lilly. »Ist das wahr, meine Süße?«

»Ja«, sagte sie grinsend und hielt Wolf ihre Hand hin. »Das war nicht besonders charmant von dir.« Offensichtlich nahm sie unser Geplänkel nicht besonders ernst, betrachtete es wohl nur als ein Spiel unter alten Freunden.

Wolf nahm eine feierliche Haltung ein, beugte sich herab, küsste Lilly auf den Handrücken und entschuldigte sich auch noch in Worten. »Es tut mir wirklich leid, ich wollte dich auf keinen Fall in irgendeiner Form kränken.«

»Okay Wolf, Entschuldigung angenommen«, sagte Lilly vergnügt und zog ihre Hand wieder zurück.

»Ich danke dir«, entgegnete Wolf. Mit einem Mal wirkte er ernsthaft, ließ von seinem Machogehabe ab, hielt sich das Kinn und legte die Stirn in Falten. Dann sagte er, mit einem zugegeben äußerst charmanten Lächeln, diese beinahe fatalen Worte:

»Du erinnerst mich an einen tollen Menschen, kleine Lady.«

Das konnte doch wohl nicht wahr sein! Hatte Wolf soeben Luzi entdeckt? War er misstrauisch geworden? Ahnte er womöglich bereits, wie alles zusammenhing?

»Sagst du das nur so, damit ich dich nett finde?«

»Nein. Wirklich. Ich meine es ernst.«

»Und an wen erinnere ich dich?«

»Vielleicht an jemanden aus einer Zeit, als ich ungefähr so alt war wie du jetzt.«

Jetzt war ich mir sicher. Das Unheil würde seinen Lauf nehmen. Jeden Moment drohte unserer auf unklaren Verhältnissen basierende Familienbande ein jähes Ende und ich hatte keine Ahnung, wie ich das verhindern sollte.

»Was ist jetzt?«, rief eine genervte Frauenstimme hinter uns.

Wolf schaute zu ihr herüber.

Lilly und ich drehten uns um. Eine komplett in Leder gezwängte Blondine stand lässig an eine schwere Harley Davidson angelehnt und schaute fordernd in unsere Richtung.

Wolf schenkte ihr einen Kussmund. Die Frau verdrehte die Augen.

»Ihr seht ja, ich muss weiter. Schön euch getroffen zu haben. Macht's gut. Vielleicht sehen wir uns einmal wieder.«

Nachdem Wolf Zigaretten gekauft hatte, schlenderte er zur Blonden, gab ihr einen Kuss und startete die Maschine. Die beiden schwangen sich auf und bereits einen Moment später waren sie nicht mehr zu sehen. Nur das rasch leiser werdende Getöse des blubbernden Motors klang noch eine Weile nach.

Was für eine Erleichterung.

»Der war ja nett.«

»Findest du?«

»Ja. Woher kennt ihr Euch?«

»Ach, alte Geschichten, die niemanden mehr interessieren.«

Lilly nickte nur und ich wäre am liebsten in der Erde versunken vor Scham.

Wie es schien, war das Thema Wolf für Lilly damit erledigt. Warum auch nicht? Sie hatte ja keine Ahnung. Wolf war mein Thema, nicht ihres, und ich hoffte, dass es dabei bleiben würde – meinem schlechten Gewissen zum Trotz. Doch genau das meldete sich regelmäßiger, als ich es gehofft hatte. Immer wieder fragte ich mich, ob ich Lilly von Wolf und andersherum, ob ich Wolf von Lilly erzählen müsste. Hätte ich ihnen mein Wissen überhaupt vorenthalten dürfen? Diese Frage stellte ich mir nicht in juristischem Sinne. Ich suchte Hilfe bei Luzi und fragte mich, wie sie mit dem Thema umgegangen war. Offenbar hatte sie Wolf nie ins Gespräch gebracht. Anzunehmen also, dass Wolf für Luzi keine Rolle gespielt hatte. Außerdem hatte sie Lilly *mir* und nicht Wolf anvertraut. Ich konnte es mir nicht anders erklären, als dass sie mich als Lillys Vater wünschte. Bei diesem Gedanken überwältigte mich eine tiefe Zuneigung und mir wurde bewusst, wie sehr ich Lilly tatsächlich liebte, wie sehr ich mich als Vater für sie verantwortlich fühlte, und umarmte sie fest. Lilly schaute ziemlich verdutzt.

Im Proberaum holte Lilly den Teddy vom Kühlschrank und hielt ihn während der gesamten Session fest in ihren Händen. Ich glaube, ich hatte sie bisher noch nie so strahlend gesehen wie an diesem Abend. Nach der Probe wollte sie unbedingt auch Gitarre spielen lernen und fragte mich, ob ich es ihr beibringen könnte. Nach wenigen Wochen Unterricht hatte sie das Interesse wieder verloren. Sie wollte zu schnell zu viel. Dabei hatte sie in der kurzen Zeit schon mehr erreicht, als ich es in ihrem Alter jemals hätte erreichen können.

Es dauerte nicht lange, bis Lilly auf eigenen Füßen stehen wollte. Direkt nach dem Abi packte sie ihre Sachen und zog für ihr Studium ‚Internationales Recht' in eine Studenten-WG nach Bochum. Es war weniger eine persönlich gegen mich oder Fleur gerichtete Entscheidung, als vielmehr Reaktion auf den uns selbst auferlegten ‚we-are-family'-Anspruch, den Lilly, entgegen unserer Einschätzung, weder erwartete, noch benötigte. Vielleicht haben Fleur und ich unsere Verantwortung zu umfassend verstanden. Vielleicht hatten wir aus Sorge, unseren eigenen Ansprüchen nicht gerecht werden zu können, zu viel gewollt. Unsere Fürsorge, die Lilly in Momenten von Trauer und Selbstzweifel gerne annahm, in Phasen beinahe manisch ausgeprägten Lebenshungers aber als übergriffig empfand, schien ihre Sehnsucht nach einem selbstbestimmten Leben erst befeuert zu haben. Jedenfalls interpretierten wir die Situation so. Damals waren wir betrübt, dass Lilly genauso überraschend aus unserem Leben verschwand, wie sie es betreten hatte. Gott sei Dank verschwand sie nicht komplett, so wie Luzi damals nach Glasgow. Bochum lag nur um die Ecke. Wir sahen uns regelmäßig.

Bald darauf hatten Fleur und ich einen realistischen Blick auf Lillys Abwesenheit. Da sie studieren wollte, stand ihr Auszug sowieso bevor. Das war also nicht unser Problem. Unser Problem lag eher darin begründet, dass Lilly leider nur für kurze Zeit, genau genommen nur eineinhalb Jahre lang, unser Leben bereichert hatte. Außerdem durften wir eines nicht vergessen: Lilly war Lilly – und Luzis Tochter.

Nach ihrem Auszug begegneten wir uns mehr und mehr auf Augenhöhe. Unser Umgang wurde selbstverständlicher und unser Verhältnis entspannte sich zusehends. Insbesondere nachdem Fleur keine Konkurenz mehr in Lilly sah, – dass es überhaupt je so war, hätte sie niemals zugegeben – pflegten die beiden einen freundschaftlichen Umgang miteinander. Beste Freundinnen sind sie nicht mehr geworden. Aber das zu erwarten, wäre auch zu viel verlangt gewesen.

Zwei Jahre später war Lilly dann nicht mehr ‚nur um die Ecke'. Für das Hauptstudium zog sie nach Wien, wo sie drei Jahre später ihr Studium abschloss. Das war in den Jahren 1998 bis 2000, einer Zeit, in der wir uns nur selten sahen, aber ausgiebig Kontakt hielten.

Anschließend führte sie eine Promotionsstelle nach Berlin, wo sie neben ihren Forschungen am Institut ihrer Hochschule außerdem für einen Thinktank arbeitete, der die Bundesregierung zu außenpolitischen Themen, insbesondere den Balkanstaaten, beriet.

Inzwischen ist sie Gesellschafterin dieses Thinktanks und als ebenso charmante wie meinungsstarke Persönlichkeit sowohl in Regierungs-, als auch Medienkreisen eine beständig nachgefragte Gesprächspartnerin.

2002 heiratete sie Karl, ihren ehemaligen Chef und heutigen Geschäftspartner, einen 10 Jahre älteren Mann mit einnehmendem Wesen, klarem Verstand und ansteckendem Humor. Abgesehen von den Herausforderungen des alles andere als vergnügungssteuerpflichtigen Tagesgeschäfts der Politikberatung, kennt er so gut wie keine, seine gute Laune beeinträchtigenden Kümmernisse. In seiner Nähe sieht man nur in strahlende Gesichter.

Ein Jahr später freuten sich Lilly und Karl über die Geburt ihrer Tochter Marlene, die wir alle mächtig ins Herz geschlossen haben. Auch Fleur war vom ersten Augenblick an vernarrt in sie. Seit Marlene auf der Welt war, besuchten wir uns regelmäßiger als in den Jahren zuvor. Fleur und ich waren allerdings häufiger in Berlin, als Marlene, Lilly und Karl in Essen, was zum einen daran lag, dass Fleur und ich – die wir ein ungezwungenes, freies Leben führten – müheloser reisen konnten als eine Familie, in der Vater und Mutter strapaziöse Karrieren verfolgten, und zum anderen, dass wir unsere regelmäßigen Streifzüge durch die Berliner Hoch- und Subkultur liebten.

Catching Oma (2019)

Marlene war sechzehn, als sie ein ausgeprägtes Interesse an Luzis kurzem aber beeindruckenden Leben entwickelte. Nicht nur, dass sie die an Ereignissen reiche Geschichte ihrer Großmutter in einer präzisen, aber liebevoll unbekümmerten Sprache niederschrieb (im Präsens – was Luzi wie lebendig erscheinen ließ), ebenso sammelte, scannte und archivierte sie sämtliche Fotos, die sie von Luzi erhalten oder im Internet gefunden hatte. Genauso verfuhr sie mit über Luzis Arbeit im Jugoslawienkrieg berichtende Zeitungsartikel (darunter eine vierseitige Fotoreportage des ‚Stern'; ein Porträt aus der ‚SZ' und ein zu Herzen gehender Nachruf, der in der ‚TAZ' erschienen war). Doch war sie von anbeterischem Personenkult weit entfernt. Sie sah sich eher als emphatische Chronistin, auf Augenhöhe mit ihrer Großmutter. Nicht zuletzt der Name des Ordners, den Marlene angelegt hatte, spiegelte den spielerischen Ansatz ihrer Verehrung wider: ‚Catching Oma'.

Tatsächlich entwickelte Marlene ein Faible für alles, was Luzi betraf. Da sie sich ebenso intensiv auch mit anderen Themen beschäftigte, hielten wir ihre Begeisterung jedoch für unbedenklich, weshalb wir halfen, wo wir konnten. Doch die Informationen, die sie so akribisch zusammentrug, genügten ihr bald nicht mehr. Sie hatte das Gefühl, es fehlte ihr noch Entscheidendes, um die Gesamtheit der Persönlichkeit Luzis verstehen zu lernen. Hierzu zählte sie auch die Orte, die Luzi auf so unterschiedliche Weise geprägt hatten. Marlene wollte sie kennenlernen. Alle. Unbedingt.

Lilly und Karl hatten versprochen, Schottland, Hamburg und den Balkan mit ihr zu bereisen, sobald es sich zeitlich ergeben würde. Da die Unbestimmtheit ihrer Zusage Marlene nur eine unbefriedigende Perspektive bot, hatten wir gemeinsam beraten und ihr das Naheliegende vorgeschlagen: Zunächst zusammen mit mir diejenigen Orte zu erkunden, an denen Luzi, als damals selbst erst sechzehnjähriges Mädchen, einige der am weitest reichenden Entscheidungen ihres Lebens getroffen hatte – Entscheidungen, die Marlenes Dasein erst ermöglichten und bis heute nachwirkten.

Bisher hatte mich Marlene immer in Begleitung ihrer Eltern besucht. Sie war bereits vierzehn, als sie mich das erste Mal alleine auf dem Bahnsteig erwartete. Ich sah sie schon von weitem. Seelenruhig stand sie in der Menge und sah sich nach mir um. Unter den hektischen Mitreisenden wirkte sie wie eine Signalboje in stürmischer See – alles überragend und aus sich heraus leuchtend. Natürlich traf beides nicht zu und war – meine eigene Impression ausgenommen – niemand anderem aufgefallen. Unwillkürlich hielt ich inne und beobachtete sie. Fasziniert vergaß ich, ihr entgegenzugehen. Umgekehrt konnte sie mich nicht sehen. Unbeabsichtigt hielt ich mich hinter meinem Willkommensgruß, einem üppigen Strauß aufgeblühter Sonnenblumen, versteckt.

Offenbar hatte sie mit meinem vermeintlichen Nichterscheinen kein Problem. Sie schaute sich kurz um, wartete einen Moment ab und machte sich auf den Weg. Wohin nur? Ich folgte ihr, bemühte mich, sie einzuholen. Doch mit dem Strauß in den Händen war ich ein Igel unter Hasen. Mit Mühe bahnte ich mir den Weg durch die Menge und als ich an den Treppen zum Vorplatz angekommen war, sah ich Marlene bereits in ein Taxi steigen. Ich stürmte die Stufen hinunter, sprang im allerletzten Moment vor den bereits anfahrenden Wagen und hielt dem Fahrer geistesgegenwärtig mein einziges Argument für eine Vollbremsung entgegen: die arg in Mitleidenschaft geratenen Sonnenblumen. Irgendwie hatten sie den Spießrutenlauf überstanden und sorgten nun, schwer geknickt, für gute Laune.

Marlene fand das witzig. Sie glaubte, ich hätte alles genau so arrangiert. Mein Dementi nahm sie mir nicht ab, was ich ihr nicht abnahm, was sie mir nicht abnahm. Ein schöner Spaß war das.

Auf dem Weg nach Hause schwärmte sie von einem ‚coolen' Jungen, den sie während der Fahrt kennengelernt hatte, und ich fragte mich, wie ähnlich sie Luzi wohl war, in solchen Dingen. Als sie drei Tage später die Rückfahrt antrat, war es ein Junge aus meiner Nachbarschaft, dem sie oder der ihr den Kopf verdreht hatte – eher Ersteres.

Es ist schon einige Jahre her, dass ich nach einem erfolgreichen Album die Mittel hatte, das Haus eines befreundeten Schauspielers zu kaufen, der wegen einer nicht unbedeutenden Rolle in einer Hollywoodproduktion seinen Lebensmittelpunkt nach Santa Monica, seinem ‚Sehnsuchtsort', verlegt hatte.

Konrad, mein Freund, hatte sicher die richtige Entscheidung für sich getroffen. Für mich wäre das keine Option gewesen. Ich wohnte bereits in Kalifornien – meinem eigenen, sehr persönlichen Kalifornien. Bunt wie in Hollywood ist es hier allemal. Und was die Palmen für Palm Springs, das sind die Pappeln für den Pott. Und wem zum Ruhrgebiet nichts weiter einfällt als Kohle, Stahl und Wäsche auf der Leine, dem ist eh nicht zu helfen.

Es ist ein altes Haus, erbaut aus Ruhrsandstein, nicht gerade klein, riesig aber auch nicht, mit einem großen Garten davor und einem noch größeren dahinter. Es steht auf halber Höhe über Werden, einem an der Ruhr gelegenen, eher kleinstädtisch anmutenden Ortsteil. Surfen, Paddeln und Schwimmen, Joggen, Radfahren und Bummeln – das alles bietet Werden. Sogar auf Konzerte,

Tanz- und Theaterveranstaltungen braucht man nicht verzichten – die Folkwang-Hochschule setzt hier kulturelle Ausrufezeichen. Wenn Marlene zu Besuch kam, waren wir kaum außerhalb des Werdener Kosmos unterwegs. Katernberg lag, abgesehen von zwei, drei Besuchen der ehemaligen Zeche Zollverein, die als Denkmal der Industriekultur mittlerweile mit dem Status ‚Welterbe', ausgezeichnet wurde, außerhalb unseres Radars.

Doch im November 2019 war es dann soweit. Marlene, inzwischen 16 Jahre alt, kam zur Spurensuche nach Essen und ich erstellte einen Plan. Nur wenige Orte waren Zeugen Luzis und meiner Zweisamkeit geworden, weshalb unsere Geschichte kaum einen Tagesausflug zu füllen vermochte. Und weil ich fürchtete, Marlene könnte mehr von dem Tag erwarten, plante ich für den Abend eine kleine Überraschung ein. Eine Überraschung, die mehr war als nur der kompensatorische Vorgriff auf eine vermeintliche Enttäuschung – ich beschenkte auch mich selbst.

Schließlich erwiesen sich meine Bedenken als unbegründet, denn Marlenes Erwartung war, entgegen meiner Befürchtung, realistisch und bescheiden.

Um den Abend vorwegzunehmen: Die Überraschung glückte. Das Konzert im Oberhausener ‚Druckluft' bescherte uns einen wundervollen Abend – kein Soundtrack hätte besser zu unserem erinnerungsduseligen Tag gepasst. Beseelt stand Marlene vor der Bühne und feierte die launige Melancholie von ‚The Düsseldorf Düsterboys'. Insbesondere die Songs ‚Oh, Mama', ‚Es geht mir gut' und ‚Wand' hatten es ihr angetan.

Während der gesamten Rückfahrt schwärmte sie von dem tollen Konzert und wie »witzig, süß und cool« die DüDüs doch seien. Es gab keinen Grund, ihr zu widersprechen.

Begonnen hatte der Tag mit einem dichten Herbstnebel, der beinahe unbeweglich über den Ruhrwiesen lag. Während unseres Frühstücks sahen wir aus dem Fenster und suchten nach Veränderungen in der Oberfläche dieses geräuschlosen und scheinbar in sich selbst ruhenden Naturphänomens. Es erforderte einige Geduld, um die innere Dynamik des trägen Gebildes zu erkennen. Wir hatten die Geduld. Später, wenn die Ruhr langsam wieder sichtbar werden würde, wäre außer der Erinnerung an eine spukhaft hellgraue Erscheinung, nichts mehr davon übrig geblieben. Doch später würden wir woanders sein.

In der Zeit von zwei Marmeladentoasts hatten wir intensiv gespäht – dann reichte es Marlene. Sie wollte los und nörgelte herum. Theatralisch spekulierte sie, ob die im Tal wabernde Nebelsuppe womöglich ein Omen sei für die Stimmung des vor uns liegenden Tages. Doch lange hatte sie ihre Bedenken nicht aufrecht erhalten können, denn kurz darauf lachte sie über ihren eigenen Blödsinn. Es war ein herzerfrischendes Lachen, das vor allem eines signalisierte: Übernatürlicher Schnickschnack war ihre Sache nicht. Doch das eigentlich Bezaubernde daran war, dass ihr Getue einer sich selbst nicht allzu ernst nehmenden Ironie entsprang. Denn in Wahrheit war ihr das Mystische gar nicht so fremd.

Wir machten uns auf. Nur wir zwei. Fleur war für Studioaufnahmen zum neuen Album einer befreundeten Band die gesamte Woche über in Hamburg. Ich war mir nicht sicher, ob sie sich unserem Ausflug in Luzis (und meine) Vergangenheit angeschlossen hätte. Die Unvereinbarkeit der Termine hatte das gar nicht erst zum Thema werden lassen. Ich hätte nichts dagegen gehabt, im Gegenteil. Ich liebte Fleur. Ich liebte sie in der Gegenwart – Luzi war vollendete Vergangenheit.

Ich packte eine Thermoskanne mit Rooibostee, Croissants und Apfelstücke in eine Schultertasche, zog die Haustür hinter mir zu und ging den Plattenweg zur Straße. Marlene wartete bereits am Wagen, beschäftigt mit ihrem Handy. Als sie mich bemerkte, schaute sie auf. Lächelnd. Sie lächelte wie immer, wenn sie guter Dinge war: unbekümmert und frech, tiefsinnig und warmherzig. Alles zusammen. Und genau in diesem Augenblick passierte etwas, das mich nachhaltig irritierte. Denn nicht Marlene war es, die mir zulächelte, es war Luzi. Niemals in den sechzehn Jahren zuvor wurde mir Marlenes Ähnlichkeit mit Luzi bewusster. Sicher, ihrem Wesen und auch ihren Gesten nach war sie Luzi schon immer nah – doch in diesem Moment war sie es auch äußerlich. Diese Ähnlichkeit war mir bisher nicht aufgefallen. Vielleicht weil sich Marlene erst in der Pubertät so entwickelt, ich das aber nicht bemerkt hatte. Vielleicht aber auch, weil ich sie nicht sehen wollte, die Auferstehung Luzis. Vermutlich war es eine Kombination von beidem.

Marlene trug den gleichen asymmetrischen Haarschnitt, wie Luzi ihn getragen hatte, und ich fragte mich, ob das ein Zufall war. Allerdings war sie blond, im Gegensatz zu Luzi, die rotbraune Haare hatte. Und auch der zarte Hauch von Sommersprossen, hatte sich bis gerade vor mir verborgen gehalten. Außerdem hatte sie den schlanken, sportlichen Körper ihrer Oma geerbt, nicht den zierlich feenhaften ihrer Mutter. Und sogar ihre Kleidung erinnerte an Luzi. Doch darüber überrascht zu tun, wäre Heuchelei. Denn Marlene trug eine Jeans – nicht die gleiche, wie Luzi sie getragen hatte, sondern *dieselbe*, dieselbe zerschlissene Jeans.

Bis vor einigen Monaten lag sie, zusammen mit allen möglichen anderen Erinnerungstücken, in einem Umzugskarton auf dem Dachboden. Dann kam das große Sommergewitter und ich hatte vergessen, die Dachluken zu schließen. Marlene half mir beim Aussortieren von endgültig unbrauchbar Gewordenem. Irgendwann war ein Karton dran, dessen Inhalt ich längst vergessen hatte. Aber nachdem wir ihn geöffnet hatten, war die Erinnerung sofort wieder da, und ich erzählte Marlene die Geschichte der darin befindlichen Jeans. Marlene grinste die ganze Zeit. Dennoch schaute sie etwas kariert und ihre Gedanken standen ihr ins Gesicht geschrieben: ‚Warum bewahrt ein erwachsener Mann die Hose seiner Jugendliebe auf'? Aber sie sagte kein Wort. Stattdessen nahm sie die Jeans, schlüpfte hinein und da sie wie angegossen saß, behielt sie sie einfach an.

Es war rührend, wie glücklich sie über Luzis überraschendes Erbe war, auch wenn es sich nur um eine alte, fadenscheinige Hose handelte.

In dieser Jeans, einem grünen Pulli und einer grauen Kapuzenjacke wartete Marlene am Wagen. Ich fragte mich scherzhaft, was sich seit damals eigentlich getan hatte, modetechnisch gesehen. Und ich fragte mich ernsthaft, ob uns Luzi etwas für den Tag vorbereitet hatte, dramaturgisch betrachtet. Absurd. Der Gedanke erschrak mich. Ich verdrängte ihn, indem ich mich damit ablenkte, Marlene in Chauffeursmanier die Beifahrertür aufzuhalten, was mir, angesichts meiner ungewohnten Höflichkeit, nichts weiter einbrachte als eine süffisant-besorgte Bemerkung zu meinem Wohlbefinden.

Am späten Vormittag stellte ich den Wagen in der Nähe vom Katernberger Marktplatz ab. Von dort aus waren alle unsere Ziele bequem zu Fuß zu erreichen. Zuerst stand das Freibad im Revierpark Nienhausen auf dem Plan. Da mir der Ort nicht interessant genug für Marlene erschien, hatte ich kurz erwogen, ihn in meiner Planung erst gar nicht zu berücksichtigen. Aber meine Einschätzung war in diesem Fall irrelevant. Es war Marlenes Tag, und sie sollte selbst herausfinden, ob die Ortsbesuche geeignet waren, dem Geiste Luzis näher zu kommen.

Kaum dass wir vorm Kassenhäuschen standen, bedauerte ich, das Freibad doch mit einbezogen zu haben. Es war Ende November und das Bad hatte geschlossen. Was sonst hatte ich erwartet? Sonnenhungrige, plantschende Badegäste?

Marlene hatte ihre Arme gegen den Zaun gelegt und spähte durch die Gitterstäbe auf das Gelände. Weder schmollte sie, noch wirkte sie ungeduldig. Sie war die Ruhe selbst, was, von wenigen Ausnahmen abgesehen, ihrem normalen Gemütszustand entsprach.

Ich erinnerte mich daran, dass Luzi und ich kein Geld hatten. Trotzdem waren wir auf das Gelände gelangt. Vielleicht, dachte ich, gab es das Loch noch. Doch der Zaun war erneuert worden. Wahrscheinlich nicht das erste Mal, in den vergangenen 43 Jahren. Trotzdem marschierten wir nach einem Durchschlupf suchend an ihm entlang. Schon fast am Ende des Grundstücks kamen wir zu einer von dichten Büschen und Brombeersträuchern überwucherten Stelle. Ich war mir sicher, dass es dort gewesen sein musste, und schob einige Zweige zur Seite. Aber erst nachdem ich mit meinem gesamten Gewicht nach vorne gerückt war und dichtes Gestrüpp niedergetreten hatte, sah ich den Zaun und dann auch das Loch. Also ein anderes, ein neues Loch, aber es war an derselben Stelle wie damals. Wir schlüpften hindurch.

Am Beckenrand blickten wir in drei Meter tiefes Nichts. Von Wasser keine Spur, November halt. Auf den hellblauen Kachelwänden war bereits ein Hauch Grünspan zu sehen und am Boden hatte sich Laub zu wilden Haufen aufgetürmt. In einer Ecke lag ein verhungerter Feldhase. Ein vor der Zugangsleiter hängendes Schild warnte vor unbefugtem Betreten. Das hatte das bedauernswerte Tier wohl übersehen.

Es war ein trostloser Anblick. Ich fürchtete um den Zauber meiner Erinnerung. Augenblicklich wurde mir bewusst, dass mir *dieses* Bild ebenso im Gedächtnis bleiben würde wie der kurze Badespaß von damals. Inständig hoffte ich, dass sich die Bilder nicht überlagern würden.

Ich stellte mir vor, wie deprimierend das alles für Marlene sein musste. Ohne dass ich ihr von dem damaligen Erlebnis erzählen würde, hatte sie keine Chance irgendetwas zu erfahren, geschweige denn, den damaligen Zauber zu erahnen. Zumindest atmosphärisch würde sie ein vollkommen falsches Bild erhalten. Ich betrachtete sie von der Seite. Sie schaute ins Becken und schien meinen auf sie gerichteten Blick nicht zu bemerken. Als ich sie fragte, ob ich ihr von damals erzählen solle, blickte sie mich vergnügt an und schüttelte den Kopf. Dann schob sie das Betreten-Verboten-Schild zur Seite und stieg die Leiter hinunter. Als wolle sie es kartografisieren, durchschritt sie das Becken, lief Bögen und Kreise, berührte die Kacheln und wirbelte mit Fußtritten die Laubhaufen durcheinander. Dann beugte sie sich über den Hasen, den sie lange betrachtete. Bevor sie die Leiter wieder hinaufkletterte, rief sie: »Da ist Leben drin.«

»Dann müssen wir ihn zum Arzt bringen.«

»Nein, ich sagte nicht, da ist *noch* Leben ...«

Schließlich standen wir wieder gemeinsam am Beckenrand und blickten vor uns in die Tiefe.

»Möchtest du etwas wissen?«, fragte ich Marlene.

Sie schüttelte den Kopf. »Nö, es genügt, zu wissen, dass ihr hier glücklich wart.«

»Das waren wir.«

»Sonst wären wir nicht hier, oder?«

Ich lächelte.

Marlene machte noch ein paar Fotos, dann gingen wir zurück zum Zaun. Kurz bevor wir das Loch erreichten, sagte sie:

»Stimmt doch, oder?«

»Was denn?«

»Ihr seid euch hier sehr nahe gekommen.«

Ich legte meinen Arm um sie.

»Ihr wart ... wie ...« Marlene unterbrach sich.

Ich ermunterte sie, weiterzusprechen »Was meinst du?«

»Wie diese Fische im Korallenriff. Die, die sich küssen. Ihr habt euch geküsst. Ihr habt euch unter Wasser geküsst.«

Ich zog sie an mich heran.

Wieder auf der offiziellen Seite des Zauns gingen wir weiter, hinüber zu den Schrebergärten. Da meine Eltern schon vor langer Zeit an die Nordseeküste gezogen waren und mir mein Leben auch ohne Spaten und Komposthaufen ausgefüllt genug erschien, haben wir den Garten schweren Herzens aufgegeben. Ich konnte mich nicht erinnern, wann ich das letzte Mal da gewesen war.

Nun standen wir vor dem Eingangstor. Es war immer noch dasselbe schmiedeeiserne Tor und es war verschlossen. Ein weiterer, kaum zu reparierender Planungsmangel, den ich mehr bedauerte, als die Öde des verwaisten Freibads. Ich rüttelte noch an der Klinke herum, aber es war nichts zu machen.

Marlene hob nur die Schulter. »Ist nicht schlimm.«

Ich erzählte Marlene die Geschichte von den ‚Strawberry Fields'.

Sie hörte interessiert zu und nachdem ich fertig war, sagte sie: »Ich mag die Beatles. Ihre Songs klingen klug und modern, obwohl ihr Sound es nicht mehr ist.«

»Das stimmt«, sagte ich und schaute mich um. »Genauso wie die in die Jahre gekommene Kolonie nicht mehr modern ist.«

Marlene lachte. »Wir sind ja nicht hier um Innovationspreise zu vergeben, oder?«

»Nein, natürlich nicht. Aber ich könnte dir etwas erzählen, über den Garten, über die Laube.«

»Ja«, sagte Marlene. »Auf dem Weg zum nächsten Ziel.«

Wir drehten uns um und wären fast mit einem alten Mann kollidiert, der gebückt hinter uns stand und etwas in seiner Manteltasche suchte.

»Kann ich Euch behilflich sein?«, fragte er, und schob direkt nach: »Bist du es, Michi?«.

Er erkannte mich sofort, ich ihn aber erst, nachdem Akzent und Stimme meine Erinnerung wachgerufen hatten und Gott sei Dank, noch bevor es peinlich geworden wäre.

»Herr Ibrahim, wie geht es Ihnen?«

Anstatt auf die Frage zu antworten, schaute er nur seufzend in den Himmel. Dann wendete er sich an Marlene.

»Was für einen Engel haben wir denn da?«

»Das ist Marlene, meine Enkelin.«

»Schön sie kennenzulernen«, sagte Marlene und reichte Herrn Ibrahim die Hand.

»Die Freude ist ganz auf meiner Seite«, erklärte Herr Ibrahim und wieder an mich gerichtet sagte er lächelnd: »Und auf den Spuren deiner Kindheit schaut ihr zwei hier mal vorbei.«

»Ja, und es wäre toll, wenn ...«

»Na, dann kommt mal mit.«

Herr Ibrahim zog den Schlüssel hervor, öffnete das Tor und schob uns sanft hindurch. Dann kam er nach und schloss mit den Worten »Leider sind die Zeiten so«, wieder ab.

Ich nickte verständnisvoll.

»So lange nicht gesehen. Wie geht's denn den Eltern? Waren sie nicht ans Meer gezogen? Grüße sie von mir.«

Ich erklärte, dass es ihnen, bis auf die altersbedingten Zipperlein, gut gehe, sie es nie bereut hätten, ans Meer gezogen zu sein und erkundigte mich nach seiner Familie. Dann sprachen wir über alte Zeiten, was gerade ist und was wohl noch so kommt.

Marlene hatte schnell begriffen, dass es länger dauern würde, und verabschiedete sich zu ihrer Ortserkundung. Später als sie wieder neben uns stand, fragte ich sie, wie sie die richtige Parzelle überhaupt habe finden können. Ich hatte noch keine Gelegenheit gehabt, ihr die Lage zu erklären. Doch Marlene erinnerte mich an ein Foto, das ich ihr einmal gezeigt hatte.

»Hab's wiedererkannt.«

Herr Ibrahim machte noch eine charmante Bemerkung bezüglich Marlenes nettem Wesen, öffnete uns das Tor und verabschiedete sich mit den Worten: »Gut Michi, dass du dich anders entschieden hast, damals.«

»Was meinen sie, Herr Ibrahim?«

»Du bist Musiker geworden ...«

Nach wie vor standen mir Fragezeichen im Gesicht.

Er kniff ein Auge zu und grinste. »... und in meine Fußstapfen getreten.«

»Ahh«, sagte ich und kniff ebenso ein Auge zu. »Machen Sie's gut, Dollar Brand.«

Herr Ibrahim winkte noch einmal zum Abschied. Dann drehte er sich um und schlenderte Richtung Laube.

»Wer ist Dollar Brand?«, wollte Marlene wissen.

Ich erklärte ihr, wie es zu der Namensgleichheit mit dem berühmten Jazzpianisten kam.

»Ein schöner Zufall«, kommentierte Marlene.

Ich nickte.

»Ist Herr Ibrahim auch Musiker?«

Ich schüttelte den Kopf. »Er war Kinderarzt.«

»Auch deiner?«

»Nein, nein, seine Praxis lag in einem anderen Stadtteil. Aber einmal hat er meine Nase untersucht, nachdem ich ihm nach einer Prügelei begegnet war. Das war genau hier vorm Tor.«

»Du hast dich geprügelt?«

»Ein einziges Mal.«

»Worum ging's denn?«

Auch wenn es mich reizte, hielt ich es für wenig angebracht, von zweifelhaften Heldentaten zu berichten. »Ach«, sagte ich, »wir waren Teenager und manchmal auch Rivalen.«

»Rivalen«, wiederholte Marlene. »Warum nur, ahne ich weshalb?«

Auch wenn Marlene keine Antwort erwartet hatte – ein zustimmendes Lächeln konnte ich nicht verbergen.

Wir gingen wieder zurück auf die Straße. Unser nächstes Ziel war mein Elternhaus. Ich hatte es mehr für mich aus nostalgisch motivierter Neugier ausgewählt statt für Marlene – Luzi war niemals dort gewesen. Dennoch war es kein gegen die Erwartung Marlenes gewähltes Ziel, denn sie hatte immer auch ein reges Interesse am Rest der Familie gezeigt, nur war es weniger offensichtlich als das an Luzi.

Auf dem Weg wollte ich Marlene von der Bedeutung des Gartens erzählen – vom Liegen auf der Wiese, dem Kaleidoskop der Wolken und der Magie des Laubenzaubers. Aber die den Ereignissen eingeschriebene Intimität ließ mich zögern. Wie weit durfte meine Offenheit reichen, fragte ich mich, und das fragte ich mich nicht um meinetwegen. Von Marlene erwartete ich darauf keine Antwort, dennoch bat ich sie um ihre Meinung.
»Die Laube hat eine besondere Geschichte zu erzählen«, erklärte ich. »Möchtest du sie hören?«

Doch Marlene stellte mir eine vermeintlich ausweichende Gegenfrage. Vermeintlich deshalb, weil sie meine Antwort offenbar vorausgesehen hatte. »Wie lange wart ihr eigentlich zusammen?«

Da musste ich nicht überlegen. Und obwohl mir die Antwort peinlich war, antwortete ich wahrheitsgemäß. »Genau genommen nur einen Tag.«

»Nur einen Tag«, wiederholte Marlene wenig überrascht und lächelte wissend. »Dann bitte keine Details«, sagte sie taktvoll.

Ich hatte gehofft, dass sie so reagieren würde.

Märchenriese

Kaum dass wir Dollar Brand verabschiedet und die ‚Strawberry Fields' hinter uns gelassen hatten, war Marlene abrupt stehen geblieben. Sie hatte einen flüchtigen Blick durch die Lücke zweier Häuserzeilen geworfen und dabei etwas entdeckt, das sie in ungläubiges Staunen versetzte. »Nee, det gloob ick jetz nich«, purzelte es aus hier heraus. Sie musste etwas Außergewöhnliches entdeckt haben, denn grundlos berlinerte sie normalerweise nicht. Das unausgesprochene Fragezeichen, das sie mir vor die Füße geworfen hatte, nahm ich gerne auf, wusste ich doch sofort, was sie entdeckt hatte.

Wir blickten auf ein Gelände, das man selbst bei wohlwollender Betrachtung nur als erbarmungswürdig hätte beschreiben können. Es begann – ziemlich ungewöhnlich für eine derartige Nutzung – direkt hinter den Gärten der schlichten Mehrfamilienhäuser, denen nicht erst seit gestern der rußergraute Rauputz von den Wänden fiel.

Ich kannte das Gelände aus meinen Kindheitstagen und es hatte mich damals schon ebenso mächtig beeindruckt, wie Marlene heute. Es war, als hätte sich ein dem Tode geweihter Märchenriese zum allerletzten Schlaf niedergelegt, derart raumgreifend und traurig wirkte das ehrwürdige Stadion – zumindest der Rest, der davon übrig geblieben war.

Ich erklärte Marlene, dass ‚Am Lindenbruch' die einst ruhmreiche Spielstätte der ‚Sportfreunde Katernberg' war und dass nicht nur die Vereinslegende Helmut Rahn hier kickte, bevor sie zum großen Konkurrenten Rot-Weiß wechselte, sondern auch Szenen des Fernsehfilms ‚Fortuna III' der Krimireihe ‚Tatort' ‚Am Lindenbruch' gedreht worden waren. Von den 70er-Jahre-

Tatort-Folgen aus Essen, mit Hansjörg Felmy als Kriminaloberkommissar Heinz Haferkamp und Willy Semmelrogge als Hauptmeister Willi Kreutzer in den Hauptrollen, hatte ich natürlich keine einzige verpasst.

Vom ehemaligen Glanz war nicht mehr viel übrig geblieben. Überall bröckelte es. Gras, Sträucher, sogar halbwüchsige Birken wucherten aus den Trümmern der Tribünenstufen hervor. Und auf dem einsturzbedrohten Anzeigegerüst bezeugten windschiefe Zahlentafeln weniger ein desaströses Spielergebnis, als vielmehr den viel zu lang schon fortschreitenden Verfall – 5:12.

Zehn Minuten später standen wir vor der ehemaligen Wohnung meiner Eltern. Von meinem damaligen Zimmer aus konnte man die einen Kilometer entfernte Kokerei von Zeche Zollverein sehen. Als Kind habe ich oft am Fenster gestanden und die ebenso bedrohlichen wie auch faszinierenden Stichflammen beobachtet, die entstanden, wenn der glühende Koks gelöscht wurde. Bei Dunkelheit war das weiße bis in unzählige Rottöne flackernde Schauspiel besonders imposant.

Seinerzeit kreiste in Katernberg alles um den Bergbau. Ruß, nach faulen Eiern stinkende Schwefelgase und voll beladene LKW, die mit ihren klappernden Anhängern durch den Stadtteil donnerten, rieben dem Leben unaufhörlich Sand ins Getriebe. Hier zu wohnen war hochgradig anstrengend, auch für Nichtbergleute.

Heute ist das Leben ruhiger geworden, nicht unbedingt beschaulich, aber dank des Welterbes Zeche Zollverein hört man immer weniger den Krach donnernder LKW als immer öfter spanische, englische und sogar japanische Wortfetzen durch die Straßen wehen.

Das Haus, in dem ich zusammen mit meinen Eltern bis zum Abitur gelebt hatte, war weiß gestrichen worden und wirkte viel freundlicher als in seinem dunkelgrauen Mantel von damals. Mein Versuch, etwas in meinem ehemaligen Kinderzimmer zu erspähen, scheiterte an den spiegelnden Fenstergläsern. Ich erzählte Marlene, dass dort früher Poster von The Who, Suzi Quatro und T-Rex an den Wänden hingen.

»Das hätte ich nicht gedacht«, sagte sie.

»Was denn?«

»Dass *du* auf Dinosaurier gestanden hast.«

»Hab ich auch nicht«, sagte ich und wollte es ihr erklären.

Marlene unterbrach mich grinsend. »Weiß ich doch, wer T-Rex waren.«

Mahnend hob ich den Zeigefinger. »Na, so was macht man mit dem Opa nicht.«

»Doch, doch, dafür ist der Opa da.«

Der neue Anstrich war nicht die einzige Veränderung, die das Haus erfahren hatte. Neben der Hauseingangstür hing jetzt eine DIN A3 große Messingplatte. Darauf war eingraviert:

In der Zeit von 1940 bis 2001
lebten hier die Eheleute
Elisabeth und Karl Sekurski
Zwischen 1943 und 1945 versteckten sie
auf dem Dachboden dieses Hauses
eine vierköpfige jüdische Familie
vor der Deportation

Man sah, dass die Erinnerungstafel schon mehrfach mit Farbe übersprüht und wieder gesäubert worden war. Ich dachte an Wolf und hoffte, dass er Kenntnis von der Tafel hatte.

Ich zeigte Marlene noch meinen Kindergarten, der in der Nachbarschaft lag, meine Grundschule, ebenfalls um die Ecke und die Berne, in die ich einmal beim Spielen hineingefallen war. Zum Glück für die heutigen Anwohner sah man nur noch das grüne, dem Lauf der Berne folgende Band aus Bäumen, Sträuchern und Wiesen. Offene Abwassergräben wurden inzwischen verrohrt, zugeschüttet und naturnah umgestaltet.

»Mit unbändigem Willen und Todesverachtung gegenüber Fäkalien und Gestank schaffte ich es, der Ekelhölle zu entkommen«, erklärte ich Marlene meinen heldenhaften Befreiungskampf.

»Na toll«, kommentierte sie lakonisch.

»Was denn?«

Sie hob die Schultern. »Na, zuerst mal bist du tollpatschig reingeplumpst.«

Wo sie recht hatte ...

Unser nächstes Ziel war der Kiosk. Auf dem Weg erzählte ich Marlene von der besonderen Bedeutung, die der Kiosk für Luzi und mich gehabt hatte, und dass wir uns die wenigen Male, die wir uns dort trafen, immer Eis kauften. Und weil es Marlene an diesem speziellen Ort ihrer Großmutter gleichtun wollte, hatte sie darauf bestanden, dass auch wir dort Eis essen und sie selber es kauft.

»Im November? Ernsthaft?«

Sie guckte nur mitleidig.

Schon von weitem war zu sehen, dass sich der Kiosk verändert hatte. Er war nicht mehr rot-weiß gestrichen, wie in den Jahrzehnten zuvor, sondern schwarz-gelb und erinnerte an ein lauerndes Rieseninsekt, das jeden bestraft, der die vielen Aufkleber ignoriert, die umso deutlicher auf den Wänden zu erkennen waren, je näher wir ihm kamen. Überall klebte der Hinweis: ‚NO-NAZI-AREA'.

Marlene eilte voraus und noch bevor sie am Tresen angekommen war und auch nur ein einziges Wort gesprochen hatte, hörte ich laut und deutlich eine wohl bekannte Stimme rufen: »LUZI!?«

Marlene schaute sich nach mir um. Nach wenigen Schritten stand ich nicht nur ihr zur Seite, sondern auch Wolf gegenüber, der hinterm Tresen die Bestellung erwartete.

»Wolf«, rief ich irritiert. »Was machst *du* hier?«

»Ach nee, Mic. Hätte ich mir ja denken können.«

»Was denn?«

»Dass du in der Nähe bist, wenn ein Mädchen wie ... hier auftaucht.«

»Marlene. Sie heißt Marlene«, sagte ich und legte schützend meinen Arm um sie.

»Marlene, ... okay. Ich dachte schon ...«

»Ja, ich weiß ...«

»Was verschlägt einen Star wie dich hierher? Ich meine Hamburg, Köln, Berlin, – okay – aber Essen-Katernberg? Lebst du etwa noch im Pott?«

Ich nickte.

»Im Ernst?«

»Na klar, ich mag's hier.«

»Na ja, so klar finde ich das nicht, aber cool ist es schon. Bist halt auch nur ein Junge des Reviers. Immer treu zur Scholle und so ...«

»Ja, vielleicht. Und du? Bist auch noch hier, wie man sieht.«

»Ist ‚ne lange Geschichte. Eher langweilig.«

Wolf hielt den Kopf durchs Tresenfenster und schaute sich um. »Kein Kunde in Sicht«, stellte er fest. »Sagt eben, was ihr wollt, ich komm' dann raus.«

Marlene bestellte Cornetto Erdbeer für sich und Happen für mich.

Wolf wurschtelte in der Kühltruhe herum. Dann hängte er ein Schild mit der Aufschrift ‚Heute ist nicht aller Tage, ich komme wieder, keine Frage', ins Fenster, verschwand dann kurz, um sich gleich darauf, durch die Seitentür kommend, vor uns aufzubauen.

Er musterte mich ausgiebig und ernsthaft wie ein Türsteher, der prüft, ob ein Gast okay ist. Dann betrachtete er Marlene. Aber sein prüfender Blick hielt nur für den Bruchteil einer Sekunde. Sie hatte ihm sofort ein Lächeln ins Gesicht gezaubert – ein ziemlich freundliches, wie ich gestehen muss. Er hatte jetzt eine Glatze, dafür trug er einen Vollbart. Körperlich wirkte er agil und durchtrainiert und auch sonst machte er einen wachen Eindruck.

»Ich bin Wolf. Freut mich«, sagte er zu Marlene und drückte ihr das Eis in die Hand: »Geht aufs Haus.« Ohne seinen Blick von ihr abzuwenden, hielt er mir das Happen hin.

Wir bedankten uns und während ich noch die Situation abschätzte, hatte Marlene bereits ihrer verständlichen Neugier Luft verschafft.

»Du kanntest meine Oma?«

Augenblicklich gerieten Wolfs Gesichtszüge durcheinander. Die Augen zusammengekniffen, die Stirn in Falten gelegt und die Kontrolle über den Unterkiefer verloren, war er der lebende Beweis dafür, dass Fragezeichen die Gestalt eines erwachsenen Mannes annehmen können. Doch dieser Zustand währte nur einen kurzen Moment. Dann erhielt das Fragezeichen die strahlenden Augen eines soeben mit liebevoller Zuneigung beschenkten Kindes. Doch wie beim Kind, dessen Wunsch nicht ganz so getroffen wurde, wie es sich das vorgestellt hat, folgte der kurzen Freude eine kaum zu verbergende Ernüchterung. Das kurze Glück wich wieder dem bekannten Fragezeichen, die Furche zwischen seinen Augen hätte kaum grimmiger ausfallen können und das Blinzeln in seinen Augen signalisierte Gefahr. Vorwurfsvoll sah er mich an, bevor er Marlene antwortete.

»Luzi war deine Oma?«

Marlene nickte.

»Dann freut es mich umso mehr, dich kennenzulernen, Marlene. Und ja, ich habe Luzi gekannt – vor vielen Jahren, sehr vielen Jahren. Wie geht es ihr?«

Wolfs Wut wäre mehr als verständlich gewesen und ich fragte mich, wie sie mich treffen würde. Im Moment stimmte ihn Marlenes Anwesenheit noch gnädig, doch wollte ich mich keiner falschen Illusion hingeben, war ich mir doch sicher, dass Wolf noch andere Gesichter zeigen würde.

Marlene schüttelte den Kopf. Es schien, als ob sie erst darüber nachdenken müsse, ob sie Wolf ein Geheimnis verraten dürfe. Doch dann sagte sie leise: »Sie ist gestorben.«

Wolf schluckte und es dauerte eine Weile, bis er anteilnehmende Worte gefunden hatte, die er in zugewandtem Ton an Marlene richtete. »Ohh, ... das ... das tut mir leid, ... wirklich ... sehr leid.«

»Danke«, sagte Marlene und sie schien zu spüren, dass eher Wolf statt sie die Anteilnahme benötigt hätte. Sie hatte Luzi nicht mehr kennengelernt, hatte nie die Gelegenheit, eine emotionale Bindung zu ihrer Großmutter aufzubauen. Natürlich, sie interessierte sich für Luzi, aber ihr Tod war eine Tatsache, mit der sie von Anbeginn aufgewachsen war. Umso eindringlicher musste ihr dieser Moment erschienen sein, als sie bemerkte, wie sehr Luzis Tod einen ihr bis soeben vollkommen fremden Mann berührte.

»Du kanntest sie gut, nicht wahr?«

Wolf brauchte einen Moment, bis er sich gefangen hatte und antwortete »Ich glaube schon. So wie Teenager sich kennen, wenn sie für kurze Zeit ein Paar sind.«

Marlene lächelte, während sie ihre Blicke zwischen Wolf und mir hin und her warf. Ich bin mir sicher, dass ihr gerade die eine oder andere Frage bezüglich Wolf und mir in den Sinn gekommen war. Doch dezent, wie sie war, nahm sie Rücksicht auf uns – die ehemaligen Geliebten und möglichen Kontrahenten ihrer Großmutter – und verkniff sich einen Kommentar.

Später, auf dem Weg zu ‚The Düsseldorf Düsterboys' erklärte ich Marlene die Geschichte, die sie offenkundig amüsierte.

»Armer Wolf. Das war richtig fies. Das hätte ich nicht von dir erwartet«, kommentierte sie gespielt empört.

Ich musste grinsen. »Na hör mal«, entgegnete ich, »Luzi war auch kein Engel. Natürlich hast du recht – trotzdem war es für eine kurze Zeit der Himmel auf Erden.«

»Bestimmt sogar«, bestätigte Marlene. »Und weißt du warum?«

»Was meinst du?«

»Warum es passierte, wie es passierte?«

Ich wusste nicht, worauf Marlene hinaus wollte, und hob die Schultern.

»Weil Luzi es so wollte.«

»Oh ja, klar«, bestätigte ich. »Und hätte sie es nicht genau so gewollt, wäre genau *nichts* passiert.« Ich kniff ein Auge zu: »Schließlich war es für einen guten Zweck.«

Marlene öffnete den Gurt, beugte sich zu mir herüber und gab mir einen Kuss auf die Wange. Dabei stieß sie versehentlich gegen meinen Arm. Ich verriss das Lenkrad. Der Wagen geriet ins Schlingern, fing sich, schlingerte wieder. Marlene wirbelte umher. Dann waren wir wieder in der Spur und als wäre nichts geschehen, schnallte sich Marlene wieder an, überprüfte kurz, ob sie etwas abbekommen hatte, und befand lapidar: »Scheiß Liebe.«

»Was meinst Du?«

»Das nächste Mal schreib ich eine Mail. In Küssen steckt zu viel Gefahr.«

Wundervollere Worte hätte Marlene nicht für mich finden können, weshalb ich mir, trotz des noch in den Gliedern steckenden Kontrollverlustes, einen Kommentar nicht verkneifen wollte. »Das wäre zwar schade, aber okay – zumindest was mich betrifft.«

»Und nicht okay für wen?«

»Für dich und die Jungs.«

Marlene grinste frech. »Darüber mach dir mal keine Sorgen, Opa.«

Meist nannte mich Marlene Mic, selten auch Michael, und Opa eigentlich nur, wenn sie mich hochnehmen wollte. In diesem Moment ging das vollkommen in Ordnung.

Doch war Marlenes Neugier bezüglich Luzi und Wolf noch nicht gestillt. »Wie lange wart ihr ein Paar?«, wollte sie wissen.

»Nicht lange«, antwortete Wolf. »Für ungefähr ein Jahr.«

»Ich finde, das *ist* lang.«

»Na ja ...«

»Immerhin ein sechzehntel eures damaligen Lebens.«

»So hab ich das noch nicht gesehen«, sagte Wolf und schien darüber nachzudenken.

Marlene sah mich an. Nachdem sie meine Aufmerksamkeit hatte, blickte sie verstohlen zu Wolf. Ihrem Gesichtsausdruck nach beschäftigte sie etwas, das sie mir im Beisein von Wolf nicht mitteilen wollte. Aber ich hatte eine Ahnung, welche Gedanken ihr gerade durch den Kopf gingen und nickte ihr aufmunternd zu. Zuerst zögerte Marlene, dann aber siegte ihre Neugier.

»Wolf?«

»Ja?«

»Darf ich dich um einen Gefallen bitten?«

»Nur zu ...«

»Wäre es okay, wenn du mir von Luzi erzählst? Ich meine, kannst du mir sagen wie sie so war, wie du sie gesehen, wie du sie erlebt hast?«

»Klar, mache ich gerne«, antwortete Wolf und kratzte sich am Hinterkopf. »Da muss ich aber erst mal überlegen, womit ich anfange. Luzi war nicht gerade eindimensional, wenn du verstehst ...?«

»Mach' es, wie du meinst.«

»Also«, begann er nach kurzem Nachdenken, verstummte aber sofort wieder. Nach einer Weile setzte er erneut an. »Luzi hatte eine Menge ganz besonderer Gaben. Eine ohne die ich mir Luzi kaum vorstellen kann, ist ihre grenzenlose Zuversicht. Außerdem blieb sie immer gefasst, auch in herausfordernden Situationen. Sie war geerdet, was nicht nur cool *wirkte* und für sich schon ausreichte, weshalb man ihr nicht mehr entkam. Sie akzeptierte keine sie einengenden Grenzen und war das mutigste Mädchen, das man sich vorstellen kann. Dabei war sie auch noch feinfühlig, scharfsinnig und witzig. Und dass sie umwerfend aussah, ist ja kein Geheimnis – ihr diesbezügliches Erbe siehst du ja jeden Tag im Spiegel.«

Wolf musterte Marlene, als wäre er Juror einer Castingshow. Fehlte nur noch, dass er die Daumen hob.

Auch wenn Wolfs Worte nicht anzüglich klangen, waren sie bei Marlene nicht ohne Wirkung geblieben. Sie lächelte verlegen. Ich konnte mich nicht erinnern, dass sie jemals in Verlegenheit gebracht worden wäre – zumindest nicht in meiner Gegenwart. Doch die Unangemessenheit dieses, von einem fremden, älteren Mann vorgetragenen Kompliments, überrumpelte sie, selbst wenn es nur charmant gemeint war.

»Danke Wolf«, sagte sie, »das ist sehr nett, wie du von meiner Oma sprichst.«

»Es klingt nach der Beschreibung von Supergirl, ich weiß.« Wolf schien sich für seinen Enthusiasmus entschuldigen zu wollen. »Aber was soll ich machen«, erklärte er, »so war sie nun mal und wenn ich wollte, würde ich kein Ende finden.«

Marlene lächelte.

»Vielleicht kannst du, umgekehrt, auch mir von ihr erzählen, wie sie so war als Oma? Ich hätte sie wirklich gerne einmal als Erwachsene erlebt.«

»Das würde ich gerne«, antwortete Marlene, »aber das kann ich nicht. Ich habe sie nicht mehr kennen gelernt.«

Wolf brauchte nur einen Wimpernschlag, um die Tragik in Marlenes Worten zu erfassen, und sah betroffen zu Boden. »Dann ist sie jung gestorben.«

»Sie wurde 33 Jahre alt.«

»33 Jahre«, wiederholte Wolf tonlos und kramte eine Kippe hervor. »Wie ist sie gestorben, ich meine, war sie krank?«

»Es war ein Unfall.«

Wolf wog den Kopf hin und her. Dann zündete er sich, ohne das übliche Theater, eine Kippe an und schaute eine komplette Zigarettenlänge ins Nichts.

Auch Marlene und ich schwiegen.

Nachdem er aufgeraucht hatte, schnippte er den Filter weg, zündete sich eine neue Kippe an und wandte sich wieder an Marlene. »Wie schön, dass sie uns einen Schatz hinterlassen hat.«

Dass Wolf die nicht zu übersehenden Ähnlichkeiten zwischen Luzi und Marlene auffielen, war *eine* Sache, dass er sie für an Marlene gerichtete Komplimente einsetzte, wirkte etwas zu aufgesetzt und ließ Marlene wieder zurückhaltender werden.

»Danke Wolf, und es tut mir leid. Ich kann dir leider nichts über Luzi erzählen, was du nicht schon selbst weißt.«

Wolf nickte verständnisvoll.

Marlene und ich waren immer noch mit unserem Eis beschäftigt, aber im Gegensatz zu mir, der ich appetitlos an meinem Happen herumkaute, wirkte Marlene abgelenkt. Immer wieder sah sie über die Straße hinweg zur gegenüberliegenden Haltestelle. Sie hatte Blickkontakt mit einem Jungen aufgenommen, der dort gegen die Glaswand des Unterstandes gelehnt auf den Bus wartete. Vielleicht deshalb war ihr Wolf nicht mehr so wichtig und vielleicht deshalb hatte sie ihr Eis vergessen. Denn trotz der typischen Temperaturen eines Novembertages sammelten sich die am Waffelhörnchen hinunterlaufenden Milcheistränen bereits an ihren Fingern. Erst nachdem ich sie an ihr Cornetto erinnert hatte, schleckte sie sich und das Hörnchen ab.

Wolf rauchte schnell, zog bereits die Glut zum Filter und während ihm Rauch aus Mund und Nase entwich, legte er seine Hand auf meine Schulter und sagte zu Marlene: »Sorry Süße, Mic und ich müssen reden.«

»Wolf hat recht, Marlene«, bestätigte ich und deutete auf die Stufen vor dem Denkmal.

Marlene schwante Böses. »Macht bloß keinen Scheiß«, mahnte sie und ließ uns alleine.

Wolf wartete, bis sie aus Hörweite war.

»Mein lieber Freund, mir scheint, es ist an der Zeit, mich um deine immer noch ansehnliche, wenngleich nicht mehr so frische Visage zu kümmern.«

Ich hatte mich nicht mehr geprügelt, seit sich meine Wege das erste Mal mit denen Wolfs gekreuzt hatten und daran sollte sich auch nichts ändern. Doch leider, befürchtete ich, kam ich nicht drum herum. Denn was hätte ich Wolf erzählen sollen? Für etwas anderes als die Wahrheit hatte ich weder die Fantasie noch das Interesse. Schon auf die erste, zwar ungestellte, aber im Raum stehende Frage – warum ausgerechnet ich mit der Enkeltochter von Luzi unterwegs war – hätte es außer der vermeintlichen Wahrheit, keine glaubwürdige Erklärung gegeben. Wegen der auf der Hand liegenden Antwort hätte Wolf die Frage sowieso nur rhetorisch gestellt. Außerdem war es irgendwann mal gut mit dem Versteckspiel. Also erzählte ich ihm die Geschichte, die komplette Geschichte, inklusive der Tatsache, dass Luzi zunächst selber nicht wusste, wer Lillys Vater sein mochte. Dass sie es bis zu ihrem Tod nicht wusste und welche Irreführung das Wörtchen ‚zunächst' bedeutete, blieb mein kleines, großes Geheimnis. Damit hatte ich der Möglichkeit, dass auch Wolf der Großvater von Marlene und somit der Vater von Lilly hätte sein können, die vordergründige Plausibilität genommen. Da *ich* den Kontakt zu Lilly und Marlene hatte, musste er glauben, dass Luzi in *mir* den Vater von Lilly erkannte.

Ob das genügte, um Wolfs berechtigten Argwohn und damit sein Gemüt zu beschwichtigen, würde sich gleich erweisen. Über eine Sache war er jetzt jedenfalls im Bilde: dass Luzi und ich uns nicht nur zum Eisessen getroffen hatten. Ich rechnete mit dem Schlimmsten.

Wolf hörte zu, rauchend, schweigend, und er schwieg auch noch lange, nachdem ich meinen Exkurs beendet hatte. Das änderte sich erst mit dem Anfeuern einer neuen Kippe.

»Also Mic, wo machen wir's? Vielleicht hier, direkt vor Marlene? Was meinst du?«

Panik. »Nein, nein, auf keinen Fall.«

»Marlene kann ruhig sehen, was für ein erbärmlicher Schlappschwanz du bist.«

»Bitte«, beschwor ich Wolf. »Das kann doch nicht dein Ernst sein.«

»Warum nicht?«

»Weil ... weil... Scheiße.« Den Kampf schon vor Augen, war mir kein klarer Gedanke mehr möglich.

Wolf bemerkte das.

»Jetzt hast du Schiss, stimmt's Mic?«

Ich antwortete nicht, schätzte aber, dass mein Blick flehentlich gewirkt haben musste. Angst vor einem blauen Auge oder einer blutigen Nase hatte ich eigentlich nicht, vor dem Bild, das ich vor Marlene abgeben würde, schon. Gefasst wartete ich auf den ersten Hieb.

»Bleib cool, Mic. Keep calm.«

»Willst du mich verarschen?«

»Was denkst *du*?«

Ich wusste nicht, was ich denken sollte, und antwortete nicht.

»Mic, glaubst du im Ernst, ich hätte Spaß daran, dich vor Marlene zu erniedrigen? Solltest du das glauben, würde ich es als Beleidigung auffassen, für die ich dich tatsächlich vertrimmen müsste.«

Ich war dermaßen durch den Wind, dass ich erst nicht kapierte, was er meinte, doch nach und nach erschlossen sich Wolfs Worte und ich bekräftigte, dass ich auf keinen Fall so denken würde. »Nein, weiß ich doch, dass das nicht dein Ding ist.«

»Das will ich meinen. Und warum sollte ich dich dafür bestrafen, dass du ehrlich warst? Die Wahrheit ist nicht immer einfach, egal für welche Seite. Das war mutig, Mic. Hab ich dir nicht zugetraut. Danke.«

Einerseits war das nicht die Reaktion, die ich erwartet hatte. Ich war auf Taten statt Worte gefasst, schon gar nicht auf solche. Ich hatte Kinnhaken und was weiß ich für Gemeinheiten vorausgesehen, aber keinen Dank. Ich wusste nicht, woran ich war und glaubte zuerst, dass Wolf es zynisch meinen musste und mein Martyrium, wenn nicht jetzt und hier, dann später, an einem anderen Ort seinen Lauf nehmen würde. Andererseits wirkte Wolf friedlich. Es erschien mir glaubhaft, dass er keinen Sinn in einer körperlichen Auseinandersetzung mit mir sah. Eigentlich gar nicht so verwunderlich, lag doch der Grund für meine Besorgnis fast zwei Generationen zurück. Außerdem waren wir keine pubertierenden Teenager mehr, sondern lange schon erfahrene und im besten Falle sogar vernünftige Erwachsene.

»Zugegeben Wolf, bis gerade habe ich mit deinem Zorn gerechnet.«

»Warum?«

»Vielleicht, weil ich glaubte, es verdient zu haben.«

»Verdient? Wenn ich für alles, was ich verdient habe, bezahlen müsste – oh Mann. Außerdem: Unser Deal ist 43 Jahre her und Luzi ist tot. Verdammte Scheiße. Mir ist nach allem anderen, Mic, aber nicht nach Wut.«

Wolf lächelte gequält.

»Bedenke Mic, Luzi ist nicht mehr da, wer sollte dich jetzt zusammenflicken?«

Ich sah Luzi vor mir. Luzi, die mit Nadel und Faden meine Wunden versorgt und mich für vollkommen verrückt erklärt. Und plötzlich war eine längst vergessene Sehnsucht wieder da, so real, dass ich Luzis Behandlung geradezu begehrte.

»Trotzdem hätte ich Verständnis dafür, wenn du ausrasten würdest. Vielleicht würde es mich sogar befreien, von meinem schlechten Gewissen.«

»Das ist doch Schwachsinn, Mic. Aber okay, wenn du unbedingt Strafe benötigst, um dich besser zu fühlen ...«

Wolf stellte sich in Boxerposition und ehe ich mich versah, traf mich eine Faust im Bauch. Aber er hatte nur gespielt.

»Mehr gibt's nicht«, erklärte er. »*Ich* kann dir nicht helfen, das kannst du nur selbst.«

Wolf hatte recht. Und jetzt, da ich von ihm offenbar nichts mehr zu befürchten hatte, war ich überzeugt, würde ich mich endlich befreien von seiner unsichtbaren Macht und mein großes Glück mit meiner kleinen Familie umso unbekümmerter genießen. Ich wusste nicht, was ich sagen sollte, ohne dass es nach peinlicher Küchenpsychologie klang, und blickte Rat suchend in die Ferne. Gut, dass die Ferne nicht weit reichte.

Ich deutete auf den Kiosk. »Und was hat es damit auf sich?«

»Ist jetzt meiner.«

»Cool.«

»Irgendwas muss man ja machen.«

»Und die vielen Jahre zuvor ...?«

»Nach dem Schwachmatenabi kaufmännische Ausbildung bei Opel in Bochum. Hatte mir Luzis Vater besorgt. War okay. Danach Kaufmann bei Opel. Stell dir vor: Die haben mich angestellt, *mich* und dazu auch noch ordentlich bezahlt. Hab' das Leben genossen – Autos, Frauen und ,ne Harley hab ich mir gegönnt.« Er deutete auf eine schwarze Maschine mit gelbem Tank, die seitlich neben dem Kiosk aufgebockt stand. »Hätte bis zur Rente so weiterlaufen können, aber dann haben sie Bochum dicht gemacht und jetzt bin ich hier.«

»Schon verrückt, wie es manchmal läuft.«

Wolf nickte nachdenklich. Dann kam er auf mich zu sprechen. »Und du, alles richtig gemacht? Erfolgreicher Musiker – Ruhm, Geld und viele Frauen?«

Allmählich löste sich meine Anspannung und mir entwich ein Lacher. »Stimmt, aber alles nur in kleinen Dosen.«

Mittlerweile wartete eine Gruppe ungeduldiger Kunden auf ihre Bedienung.

Wolf blickte herüber. »Mic, ich muss. Komm mit rein.«

Ich winkte Marlene und deutete wild auf den Kiosk. Sie hob die Daumen.

Im Kiosk setzte ich mich auf einen Hocker und beobachtete, wie Wolf die Bestellungen abarbeitete. Zwischendurch riefen wir uns Belanglosigkeiten zu und erst nachdem alle Kunden bedient waren, setze sich Wolf zu mir – und zu Luzi, die so präsent war, als wäre sie bei uns.

Wolf legte seinen Arm um meine Schulter.

»Als sich Luzi von mir verabschiedete, damals, bevor sie nach Glasgow ging, da sagte sie einen Satz, der mich total irre gemacht hat, für den ich sie beinahe vom Sockel gestoßen hätte.«

»Schwer zu glauben, dass sie zu derart schwerwiegenden Worten fähig war.«

Wolf setzte einen ernsten Blick auf. »Trotzdem wahr und du wirst kaum glauben, was sie gesagt hat.«

Erwartungsvoll hob ich die Augenbrauen.

Doch Wolf tat sich schwer. Es schien, als wäre er sich nicht sicher, ob er es mir verraten sollte.

»Komm schon.«

Wolf nickte, zögerte, schließlich überwand er sich.

»Sie hat gesagt ..., sie hat wirklich gesagt, dass ich ..., dass ich auf dich aufpassen soll.«

Das war wirklich nur schwer zu glauben und Wolfs Problem damit mehr als verständlich. Und ich fragte mich, was Luzi zu dieser, fast einem Geständnis gleichkommenden Bitte bewegt haben mochte.

»Das hätte jeden irre gemacht«, versicherte ich.

»Und wie geht man damit um, Mic? Du kanntest Luzi: Hätte man ihr für irgendetwas böse sein können?«

Das war kaum vorstellbar und ich schüttelte den Kopf. Aber die eine Sache war, ob Wolf ihr böse sein konnte oder nicht, die andere, ob er ihrem Wunsch nachgekommen war. Denn diese

Variante bereitete mir deutlich mehr Unbehagen als meine Sorge um einen körperlichen Angriff Wolfs. Vor meinem geistigen Auge sah ich den mich stalkenden Wolf, der, im Sinne Luzis, Unheil von mir abzuwenden versucht. Was auch immer Luzi damit bezweckt hatte – es erforderte Aufklärung.

»Und«, fragte ich, »hast du auf mich aufgepasst?«

Wolf grinste. »Na klar, auf meine Weise.«

»Und?«

»Was und?«

»Und die wäre?«

»Ganz einfach: Ich hab auf dich aufgepasst, indem ich dich in Ruhe gelassen habe, dir eben *nicht* an die Gurgel gegangen bin. So wie Luzi tickte, war es sicher genau das, was sie mit ihrer Bitte beabsichtigt hatte.«

Wolfs Einschätzung erschien mir logisch. Denn vor wem, außer vor sich selbst, hätte er mich schützen sollen, und obwohl Wolf durch Luzis Wunsch erst hellhörig geworden war, hatte sie ihn damit nicht nur an die Leine gelegt, sondern eine von Beginn an wirksame und zukunftsweisende Versicherung für mich abgeschlossen, insbesondere auch für den Fall, dass Wolf erst spät den Betrug erkennen würde.

»Ich bin nicht blöd, Mic. Hätte es keinen triftigen Grund gegeben, hätte mir Luzi ihre Bitte erspart.«

»Wie konnte sie sich sicher sein, dass du ihrem Wunsch folgst?«

»Konnte sie nicht. Aber ihr Wusch basierte auf Vertrauen, unmöglich, das zu enttäuschen.«

»Sie hat auch *dein* Vertrauen enttäuscht.«

»Sowas gegeneinander aufrechnen? Nee, ist nicht meine Sache.«

»Du konntest das auseinanderhalten – deine Wut und dein Wort?«

»Ich sag ja nicht, dass es einfach war. Aber Luzi war eine Göttin, der ich alles verziehen hätte. Außerdem, musst du wissen, ist mir meine Freiheit das Allerwichtigste. So wichtig, dass ich in den vielen Jahren weder eine längere Beziehung eingegangen bin, noch einen von Verantwortung getragenen Kinderwunsch entwickelt habe. Das mag traurig klingen, ist es aber nicht. Es entspricht einfach meinem Naturell. So toll wie Luzi auch war – aber wir als Paar, das wär' eh nicht von Dauer gewesen.« Wolf nickte, als müsse er sich das Gesagte selbst bestätigen.

Einen Moment später schwang er sich auf den Tresen. Seine Beine baumelten in der Luft. Er kramte eine Kippe hervor, zündete sie an, schnörkellos, ohne jedes Tamtam. Nach einem tiefen Lungenzug drehte er sich zum Tresenfenster und blies den Rauch hinaus. Eine Weile sah er der Wolke, die bis gerade noch seine Lungegefüllt hatte, hinterher. Nachdem sie sich aufgelöst hatte, wandte er sich wieder an mich.

»Kann es sein, Mic, dass ich Marlenes Mutter einmal über den Weg gelaufen bin, genau hier?«

Ich nickte. »Lilly.«

»Ich hab's damals schon geahnt.«

»Das Gefühl hatte ich auch. Hast aber nichts gesagt.«

»Wozu? Um mich zu quälen?«

Ich hob die Schultern.

Wolf nahm einen weiteren Zug, sprang auf die Füße und drehte sich zum Fenster. Sich mit den Ellenbogen auf dem Tresen abstützend, beobachtete er wieder, wie der Rauch seinem Körper entwich. Es hatte etwas Rührendes, ihn so nachdenklich zu sehen, und es beschämte mich, dass ich ihm, bis auf seine Liebe zu Luzi, bisher nur negative Gefühlsregungen zugestanden hatte.

Den letzten, kaum mehr sichtbaren Schwaden nachschauend fragte er: »Ich war nicht besonders charmant, oder?«

»Mhh«, machte ich. »Wäre noch Luft nach oben gewesen.«

»Denk ich mir.«

»Aber Lilly fand dich nett.«

Wolf drehte sich wieder zu mir um und lächelte erfreut. »Das ist schön zu wissen. Trotzdem hab' ich's vermasselt. Manchmal stehe ich mir einfach selbst im Weg.«

Das hätten auch meine Worte sein können, dachte ich.

Wolf legte seinen Arm auf meine Schulter. »Lass uns das hier beenden, Mic, sonst wird's noch peinlich.«

Jetzt, da wir einen fast vertrauten Ton gefunden hatten, hätte ich noch weiter plaudern können. Aber Wolf hatte gerade eine Seite von sich gezeigt, die er lieber für sich behalten wollte, eine Seite, auf der er sich außerhalb seines Reviers befand. Ich respektierte seine Entscheidung und ging zur Tür.

»Noch eins, Mic. Du bist ein Sauhund, und das weißt du.«

Ich drehte mich um und nickte schuldbewusst.

»Das musste noch gesagt werden. Und jetzt verschwinde endlich.«

Ich bedauerte es, Wolf hinter mir zu lassen. Nachdem ich die Tür geöffnet hatte, machte ich noch ein paar Schritte hinaus, blieb dann aber stehen.

Wolf sah das, schüttelte den Kopf und kam hinter mir her – entschlossen, mit zusammengekniffenen Augen. Ich war auf alles gefasst. Dann vollführte er eine ausladende Armbewegung, an deren Ende er mir seine Hand entgegenstreckte.

»Wenn du mal Hilfe brauchst ...«

Diesen Satz hörte ich nicht zum ersten Mal. Ich schlug ein und bedankte mich. »Und wenn du mal …«

»Schon gut …«

Ein in der Sonne funkelndes Metallschild, das hinter Wolf an der Kioskwand angebracht war, blendete mich. Obwohl die Aufschrift riesig war, musste ich blinzeln, um sie zu entziffern – ‚Wolfs Mall'. Mir fiel mein Elternhaus ein.

»Kennst du eigentlich dieses Schild, ich meine, das für die Sekurskis?«

Wolf war schon auf dem Weg zurück, hielt aber inne und drehte sich zu mir um. »Ob ich das kenne?«

Er klang berührt und empört in einem. Ich wusste das nicht einzuordnen. Sicher, die Frage hätte ihn beschämen können, aber das Thema war zu wichtig, als dass ich darüber hätte hinwegsehen wollen und hakte nach. »Die falschen Anschuldigungen damals. Das muss sie sehr mitgenommen ...«

»Die Tafel war meine Idee«, unterbrach mich Wolf.

Ich musste ziemlich ungläubig geguckt haben, denn Wolf erklärte es sofort.

»Herr Sekurski wusste von wem die Schmierereien stammten. Irgendwann hat er mich angesprochen und mein Engagement gelobt. Stell dir das vor, der hat mich gelobt, unglaublich, oder?«

»Stimmt.«

»Ich dachte, der wäre irre geworden. Aber dann hat er gesagt, ich müsse sehr, sehr verantwortungsvoll umgehen mit diesem Thema, sonst würde ich genau denen in die Karten spielen, die ich eigentlich bekämpfen wollte.«

»Das hat er gesagt? Mehr nicht?«

»Nee, mehr nicht. Genau deshalb hab' ich recherchiert und mich danach so mies gefühlt wie selten zuvor. Schätze, mein Engagement war nicht ganz uneigennützig.«

»Wie meinst du ...?«

»Ehrlich, die Tafel, der ganze Presserummel darum, das war für mein Seelenheil sicher ebenso wichtig, wie es die öffentliche Rehabilitation für die Sekurskis war.«

»Dass du es auch für dich getan hast, ist nicht verwerflich.«

»Vielleicht. Und doch war es nur das Mindeste, was ich für Sekurskis tun konnte.«

Eine Stunde mit Wolf und meine Sicht auf ihn war eine andere geworden. Vielleicht deswegen rutschte mir ein ziemlich peinlicher Gedanke auf die Zunge. »Luzi hatte ein gutes Gespür.«

»Was meinst du?«

»Für ihre Jungs.«

Ich glaube, ich werde ihn wohl nie loswerden, meinen Hang zu unbedachten Äußerungen.

Wolf winkte ab und wandte sich wieder dem Kiosk zu. »Quatsch nicht.« Und während er bereits auf dem Weg zur nächsten Bestellannahme war, rief er noch hinterher: »Grüße Marlene von mir. Und Lilly.«

»Auf jeden Fall«, sagte ich. Aber da hatte Wolf schon die Tür hinter sich zugezogen.

Eine ganze Weile noch hatte ich vorm Kiosk herumgestanden und auf was weiß ich gewartet. Erst als mich die künstliche Kehlkopfstimme eines alten blassen Mannes um Feuer bat, erwachte ich.

Auf dem Weg zu Marlene bemerkte ich den Jungen von der Haltestelle an ihrer Seite. Da die beiden sicher ungestört bleiben wollten, ging ich zum anderen Ende des Platzes, setzte mich auf den Rand des Marktbrunnens und betrachtete den Bergmannsdom. Er hatte sich seit meiner Kindheit kein bisschen verändert. Das wunderte, beruhigte mich aber auch.

Irgendwann wagte ich einen Blick zurück zum Denkmal und sah mich selber dort sitzen, mit Luzi an meiner Seite.

Bisher hatte ich Marlene noch nichts von der Bedeutung der Denkmalstufen erzählt. Das hatte ich mir für den Moment aufgespart, da wir gemeinsam dort gesessen hätten. Ich würde es ihr zu einer anderen Gelegenheit erzählen. Jetzt saß sie ohne mich dort, mit einem Jungen an ihrer Seite und hatte hoffentlich ebenso viel Spaß, wie Luzi und ich damals.

Marlene erwiderte meinen Blick. Ich glaube, sie schaute nur zufällig in meine Richtung, aber als sie mich entdeckte, winkte sie mir zu. Um ihr zu zeigen, dass wir keine Eile hatten, machte ich eine beschwichtigende Handbewegung. Sie hob einen Daumen und lachte ausgelassen.

Marlene ist ein entzückendes Mädchen – klug, aufgeweckt und ausgesprochen süß anzusehen. Es ist für mich unvorstellbar, dass man sich nicht in sie verlieben würde. Hoffentlich, dachte ich, verzauberte sie den armen Kerl nicht allzu sehr – er würde die Aussichtslosigkeit seiner Sehnsucht kaum ertragen. Denn in wenigen Monaten würde Marlene Berlin, ihre Eltern und auch Fleur und mich für das Studium der Oceanography an der University of Hawaii verlassen. Ein auf Grund ihrer außergewöhnlichen Fähigkeiten nur folgerichtiger Schritt. Denn unter Wasser, in ihrem Element, hört sie – als einziger Mensch auf Erden – das Knarzen, Scharren, Schnaufen, das Brummen, Fiepen, Heulen, den elegischen Gesang, die sonderbar fremd anmutenden, nahezu kosmisch klingenden Hochzeiten und auch die in Moll gehaltenen Dramen der in dunkelsten Tiefen beheimateten, sich dem menschlichen Auge entziehenden, doch fantastisch bizarren und manchmal märchenhaft bunten Geschöpfe der blauen Weltenmeere Unermesslichkeit.

∞

Ausfahren

An Fleur

Dir, meine Liebe, möchte ich besonders herzlich danken. Während der nicht unerheblich aufgewendeten Zeit, die ich mit dem Schreiben dieser Geschichte verbracht habe, hast Du Dich niemals beschwert. Im Gegenteil hast Du den Prozess des Schreibens mit einem großzügigen Maß an Verständnis, Geduld und Rücksichtnahme begleitet. Außerdem hätte ich die Geschichte ohne Deine Kommentare und Anregungen, ohne Deine Empathie, selbst für Personen, die Deine Seele manchmal beschwerten, kaum erzählen können.

Ich würde verstehen, wenn Du nun, da Du nicht nur einzelne Passagen, sondern das komplette Manuskript gelesen hast, enttäuscht wärst, über Deine weniger prominent beschriebene Rolle. Das liegt nicht daran, dass Du in meinem Leben weniger wichtig warst und bist als Luzi, Lilly und Marlene – natürlich nicht. Nur befürchtete ich, hätte ich Dir innerhalb *dieser* Geschichte nicht gerecht werden können.

Seit nunmehr 27 Jahren erleben wir immer wieder unglaubliche Dinge: Deine Solokarriere; unsere gemeinsamen musikalischen Erfolge; unsere Reisen; beeindruckende Begegnungen (der Abend mit Sting und Zuchero in der entzückenden Trattoria bei Florenz, die Nacht mit Konrad und Bratt Pitt an der Hotelbar in Berkley, oder der Tag in den Abbey Road Studios, als plötzlich Paul Weller im Raum stand und nicht mehr von deiner Seite wich, weil er unbedingt Dein neues Album produzieren wollte); nicht zuletzt die großen und kleinen Beschwernisse und Niederlagen, Krankheiten und Verluste. Da wäre eine Menge zu erzählen.

Daher wird mein nächstes Buch, sofern Du nichts dagegen einzuwenden hast, ausschließlich von Dir handeln. Und es wäre wundervoll, Dich beim Schreiben wieder an meiner Seite zu wissen.

Dein Mic

Playlist: ♫:

1. Strawberry Fields forever / The Beatles
2. Penny Lane / The Beatles
3. I can't explain / The Who
4. Sound of Silence / Simon & Garfunkel
5. Richard Cory / Simon & Garfunkel
6. Spiel mir das Lied vom Tod / Ennio Morricone
7. School / Supertramp
8. Ich wünsch mir ne kleine Miezekatze / Loriot
9. Am Tag als Conny Kramer starb / Juliane Werding
10. Heart of Gold / Neil Young
11. ‚You've got to hide your Love away' / The Beatles
12. Hey Jude / The Beatles
13. Yesterday / The Beatles
14. She loves me / The Beatles
15. Norwegian Wood / The Beatles
16. Blackbird / The Beatles
17. Know / Nick Drake
18. Free ride / Nick Drake
19. Harvest breed / Nick Drake
20. From the morning / Nick Drake
21. Timeles Flight (Album) / Steve Harley & Cockney Rebel
22. Oh, Mama / The Düsseldorf Düsterboys
23. Es geht mir gut / The Düsseldorf Düsterboys
24. Wand / The Düsseldorf Düsterboys

Alle im Roman beschriebenen Personen sind frei erfunden. Jede Ähnlichkeit mit lebenden Personen ist unbeabsichtigt.

Mein besonderer Dank gilt:

Christa Kotlenga, Christa Heck, Thomas Hölscher, Jakob Kotlenga, Peter Marx, Martin Vanselow, Wolfgang Weber und der Stiftung Zollverein.

Klaus Ulaszewski

Selbstverständlich Pistolen

Was, fragt sich Willi Haffke, Kommissar und naturverbundener Junggeselle, veranlasste einen feinsinnigen Adligen, sein komfortables Leben auf derart riskante Weise aufs Spiel zu setzten: in einem Duell – im 21sten Jahrhundert.

Roman

226 Seiten, Preis 11,99 €, ISBN 978-3-7427-0138-1

Wünsche in Papier gehüllt

Am 9ten Mai 1945. Was kann der kleine Emil von diesem besonderen Tag noch erwarten, nachdem der Vater das mit Mühe besorgte Geburtstagsgeschenk vergisst. Doch bevor Emil den Tag mit hängendem Kopf beschließen muss, kommt dem Vater eine geniale Idee.

Eine kurze Geschichte

43 Seiten, Preis 6,99 €, ISBN 978-3-7467-1999-3

Das geringste Nachlassen der Aufmerksamkeit

Mit dem Mut der Verzweiflung zwingt sich die betagte Schauspielerin Hilde Hagenah in eine letzte Rolle. Das Problem: Ihre Bühne ist die Wirklichkeit und der Auftritt verlangt ihr alles ab – körperlich wie seelisch. Sie nimmt das auf sich, um den jungen Tommy vor einem fatalen abdriften zu bewahren.

Novelle

102 Seiten, Preis 7,99 €, ISBN 978-3-7485-2400-7

Jörg Potthaus

Warten auf Julie

Ist es möglich, dass eine literarische Figur im wirklichen Leben Gestalt annimmt? Johannes ist sich sicher, dass die geheimnisvolle Frau, die ihm plötzlich auf der Lesung eines bekannten Schweizer Autors begegnet, dessen Roman, der ihn gerade existenziell beschäftigt, entsprungen ist.
Aber die Frau im roten Mantel verschwindet genauso überraschend, wie sie gekommen ist – und lässt Johannes in dem Gefühl, er habe das späte Glück seines Lebens versäumt, ratlos zurück.

Dreizehn Jahre später glaubt er während eines Besuchs in der Schweizer Hauptstadt, diese Frau in Gestalt der Französisch-Lehrerin Julie Laforêt wiederentdeckt zu haben…

„Auch, wenn das Schreiben schon ein Lieben ist,
kann man von der Sehnsucht nach Liebe so erzählen,
dass am Ende unerwartet eine Hand auf der
Schulter des Erzählers den Leser gleich mitberührt.“

(Bodo Kirchhoff über „Warten auf Julie“)

260 Seiten, Preis: 12,80 €, ISBN 978-3-943322-200

Rainer Sockoll

Essen, Sessenbergstraße

Essen, Ostviertel, Arbeitergegend. Rund um den pensionierten Bergmann August und seine Frau Jette, die in der Sessenbergstraße in einem kleinen Haus wohnen, lässt Rainer Sockoll einen ganzen Kosmos der 60er Jahre entstehen. Aus heutiger Perspektive leben die Menschen hier materiell in ärmlichen Verhältnissen, aber ihr Reichtum an Zusammenhalt, Menschlichkeit und Humor ist von so selbstverständlicher Humanität, dass die Leser sich gleich aufgenommen fühlen in diesem Freundeskreis. Mit jedem Kriminalfall, der die Kreise von August und Jette berührt, tauchen wir tiefer ein in dieses Milieu und in die längst untergegangene Sprache des Reviers.

Mit meisterhafter Leichtigkeit und Präzision und mit fast zärtlicher Empathie gelingt es Sockoll in diesem Romanzyklus, eine längst zum Mythos gewordene Epoche wieder auferstehen zu lassen, als säßen August und Jette noch immer auf der Bank vor ihrem selbstgebauten Häuschen.

Doppelband 1+2, 236 S., Preis:12,80 €, ISBN 978-3-943322-286

Doppelband 3+4, 232 S., Preis:12,80 €, ISBN 978-3-943322-415

Tatort: Essen

Essen, die Ruhrmetropole, hat 50 Stadtteile. Viele von ihnen haben ihren ganz eigenen Charakter, über 1000 Jahre Ge-schichte prägten Architektur und Menschen, und ein Ausflug von Vogelheim nach Werden oder von Steele nach Altendorf kann einer Reise in ein anderes Land gleichen. Diese Multiperspektive findet sich fast von selbst wieder, wenn man zehn Autorinnen und Autoren einlädt, einen Kurzkrimi in Essen spielen zu lassen. Machen Sie also in diesem Sinne zehn kriminale Ausflüge in spannende Ecken dieser Stadt (und ein bisschen ins Umland) und holen Sie sich ganz nebenbei Appetit auf andere Bücher der Autorinnen und Autoren. Einige von ihnen bieten ebenfalls ganz unerwartete Perspektiven auf Essen. Gute Reise!

Beiträge von Gerald Bosch, B.E. Fischer, Klaus Heimann, Steffen Hunder, Elko Laubeck, Wim Martin, Julia Marx, Jörg Potthaus, Rainer Sockoll und Suzan Valerian.

248 S., Preis: 14,80 €, ISBN 978-3-943322-484